KB213688

소녀를 위로해줘

소녀를 위로해줘

송정연 글 · 최유진 그림

차례

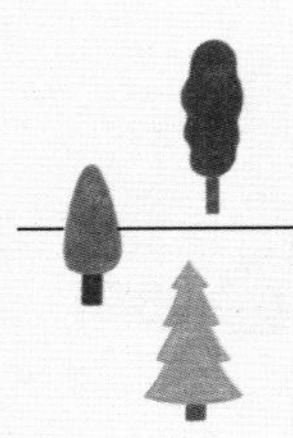

머리말

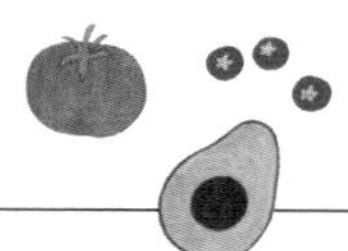

요즘 후배들을 만나면 이상하게 가슴이 아파옵니다. 누군가에겐 부러움을 살 만한 찬란한 나이인데 세상을 다 산 사람처럼 수심이 가득해 보이는 후배들…. 돌아서면 마음 한편이 아리고 눈시울이 붉어집니다. 어려움의 긴 터널을 다 지나온 친구들 역시 마찬가지입니다. 무언가 이루어냈고, 성취의 축배를 들어야 할 지인들도 깊이 들여다보면 공허함과 헛헛함을 느끼는 경우가 많았습니다. 힘든 게 너무 가슴이 아파서 글을 써야겠다 생각했습니다.

지금 그 아픔, 슬픔, 외로움, 괴로움, 비참함, 울분… 걱정 말라고, 괜찮다고, 나중에 회상하며 웃을 수 있을 거라고, 힘든 건 힘이 들어오려고 그러는 거라고 나 스스로에게 위로하듯, 지인들에게 빵이라도 사주고 커피 한잔 사주면서 달래는 마음을 모두에게 나누고 싶었습니다.

이 책에서 제가 쓰는 소녀라는 말은, 세대를 뜻하는 소녀가 아니라, 우리 누구나 마음속에 있는 소녀를 말합니다. 너무 힘들면, 어린 시절 아무 걱정 없이 만화나 영화를 보며 순간순간 재미있던 그 순간을 떠올려보면 어떨까요. 마음속의 소녀를 다시 살려내어 꿈과 재미와 상상력이 숨 쉬는 시간을 향유해보면 어떨까요. 좋은 사람들과 맛있는 것을 먹으면서 힘을 내보면 어떨까요. 세상의 채도가 조금은 달리 보이고, 팍팍하게 느껴지던 세상에도 온도가 느껴질지도 모릅니다.

살다 보면 나도 모르게 물 흐르듯 순조로울 때도 있고, 때론 정체 구간이 발생하기도 하는 게 인생인 듯합니다. 그럴 땐 잠시 멈춤을 즐기는 시간이 필요하다고 생각합니다. 그리고 그런 순간에 친절한 언니처럼, 오래오래 알아온 벗처럼, 얘기 들어주고 솔직하고 상냥하게 손을 잡아주고 싶습니다.

새 계절이 오는 소리가 들립니다. 한여름 녹아내리는 아스팔트를 걷다가도, 눈부신 황후의 속치마 자락 같은 벚꽃길을 걷다가도, 폭설에 감금되는 어느 겨울날의 상상 속에 있다가도, 그리고 못 견디게 그리워지고 외로워지는 가을 속에서도, 우리 마음속의 소녀, 그 소녀를 만나며 방긋 싱긋 웃게 되기를….

2019년 가을

타고난 게
하나도 없고
빈껍데기 같이

느껴질 때

해피 해피 브레드

커피는 음료의 이름이 아니라 휴식의 이름이다. 숨 막히는 더위 사이에 잠시 불어오는 산들바람 같기도 하고, 잿빛 도시에 불어오는 서정의 한 페이지 같기도 한 커피 타임. 잠시 일을 쉬며 차 한잔하는 시간이 있기에 아직은 살 만하다. 막막함과 먹먹함 앞에 놓여 있을 때 커피를 마시는 시간은 한 줄기 '숨'이다.

어느 철학자가 '인생은 B(Birth)와 D(Death) 사이의 C(Choice)다.'라는 말을 했다. 여기서 내게 C는 'coffee'다. 커피는 나에게 스무 살부터의 총체적인 기억 그 자체이기 때문이다.

스무 살… 그때 나에게는 아무것도 보장되어 있지 않았다. 대학 입시에 떨어지고 다시 1년을 더 공부해야 할 엄두가 나지 않을 때였다. 모든 것을 내가 주체적으로 해야 하는 상황인데 나는 도피적으로, 마치 허기진 사람처럼 소설책만 읽어댔다. 부모님은 내가 밤이고 낮이고 책만 보고 있었으니 공부하고 있는 줄 아시는지 별말씀 없으셨다. 그런 기대 속에서 다가오는 겨울이 끔찍해 도망치고 싶었다.

당시 가장 부러웠던 건 가슴에 대학 배지 달고 책을 안고 다니는 친구들이었다. 대학생 친구들이 세상에서 가장 빛나 보였다. 나에겐 멀게만 느껴지던 대학 배지들이 나를 기죽게 할수록 나의 도피성 독서는 멈추지 않았다.

책 읽으면서 커피를 마시는 시간이 나에겐 행복의 단면이었다. 주전자에 물 끓는 소리, 인스턴트커피 봉지를 뜯어 잔에 붓고 저으며 티스푼과 잔이 부딪치는 소리, 그리고 어느새 커피 향이 가득해진 공기. 인스턴트커피라도 급히 타면 맛이 없다. 오래오래 저어야 맛있다. 커피를 저으면서 커피잔 바닥에, 읽고 있던 소설 속의 이름들을 쓰곤 했다.

그때 읽은 책들에 묻어 있는 커피 자국을 보면 먹먹해져 온다. 당시 나는 책 안에 갇혀 아무것도 할 수 없는 정서적 진공상태였다. 내가 뭘 할 수 있을까 생각하면 가슴이 턱 막혀 아무 생각이 나지 않았고, 아무것도 할 수 없는 무력감으로 채워져 있었다. 프랑스 작가 발레리는 연륜만큼 우울하다고 했지만, 스무 살 나의 우울의 깊이와 좌절감도 커피보다 깊고 짙었다.

happy happy bread

요즘 후배들과 이야기하다 보면 종종 과거 속의 나와 마주하게 된다. 멀리 내다보면 막막하여 당장 눈앞에 놓인 것들만 보고 산다는 후배, 이 바닥에서 버텨낼 수 있을지 자신이 없다는 후배. 남들은 한 가지씩 다 빛깔이 있는데 난 왜 아무것도 없는지 문득문득 미래에 대한 불안이 엄습해온다는 후배 등, 남들에 비해 가지고 태어난 게 아무것도 없는 자신이 초라하게 느껴진다는 후배들이 많다. 커피만이 나의 위로이던 그 시절의 나와 만나는 듯하다. 더구나 SNS가 발달한 시대에, 타인의 일상에서 치열하게 스펙을 쌓는 사람들을 보며 한없이 더 작아진다는 후배들이 많다. 노는 게 제일 좋은데, 뽀로로로 영원히 살고 싶은데, 능력이 출중한 사람들과 비교하며 더 작아지고 초라해진다는 것이다.

누구나 행복이 충만한 삶을 원하지만 결핍과 실의, 갈망과 희구가 뒤섞인 것이 인생의 본질인 듯하다. 누구나 기쁨과 슬픔, 행복과 불행의 종합 세트인 인생을 살아가지만 모두가 이를 시시각각 깨닫긴 어렵다. 슬픔은 확실한 본래의 얼굴을 갖고 찾아오기도 하지만 기쁨의 가면을 쓰고 찾아왔다가 갑자기 모습을 드러내기도 하고, 불안으로 다가왔다가 행복으로 변신하기도 한다. 현재 힘든 상황에 놓여 불행을 겪고 있다면 그 종합 세트에서 잠시 '불행'만 꺼낸 것뿐이다. 이내 기쁨과 행복도 꺼내 쓸 날이 올 것이다.

막 구운 깜빠뉴 대령입니다!

영화 〈해피 해피 브레드〉는 도시에서 고즈넉한 시골로 이사 와서 카페 '마니'를 차린 리에와 미즈시마 부부가 그곳에 찾아온 사람들과의 만남을 통해 서로의 상처를 치유하고 회복하는 이야기다. 그곳에 찾아오는 손님들은 하나같이 자기 자신이 빈껍데기처럼 느껴지는 애달픈 사람들이다.

엄마가 집을 나가자 혼자가 되어 힘들어하는 아빠와 사

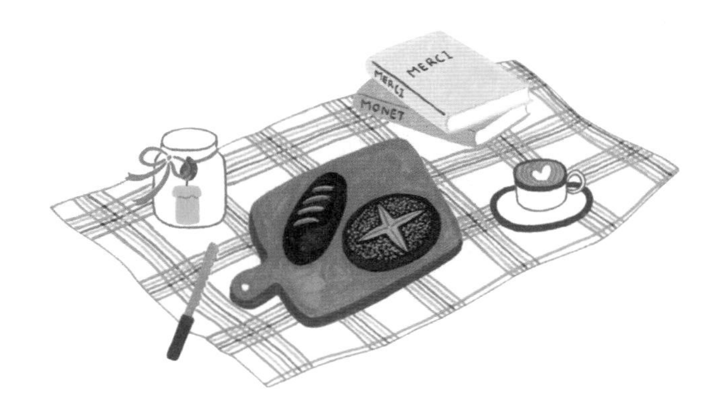

는 외롭고 상처 받은 어린 소녀는, 엄마가 끓여주던 호박 수프를 그리워한다. 미우면서도 그리운 엄마가 떠난 빈자리를 붙들고 울고 싶지만, 더 힘들어하는 아빠가 있기에 그럴 수도 없다. 혼자 방황하던 소녀는 리에 부부가 끓여주는 호박 수프를 아빠와 함께 먹으며 서로를 위로하고, 엄마로부터 받은 상처를 치유한다.

다른 한 여자는 사랑하는 남자와 함께 오키나와로 여행을 가기로 했지만 남자는 여행 당일 그녀 앞에 나타나지 않아 혼자가 되었다. 홀연히 혼자 떠나 발길 닿은 곳이 마니 앞. "그 남자는… 나와 차이가 나요. 난 요 밑인데 그는 저 위죠. 빵에 비유하면 뭘까요. 그 사람은 엄청 공들여 만든 뺑 오 쇼콜라?"라고 말하는 그녀에게 리에는 투박한 시골 빵인 깜빠뉴를 만들어준다. 평범하고 맛있는 깜빠뉴가 그녀를 위로한다. 평범한 빵이 가장 맛있고 질리지 않는 법이다. 때론 말 한마디보다 따뜻한 음식이 슬픔을 달래줄 때가 있다.

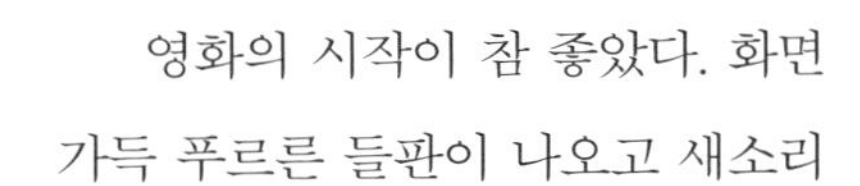

영화의 시작이 참 좋았다. 화면 가득 푸르른 들판이 나오고 새소리

가 들리며 커피콩을 넣고 돌리는 소리가 난다. 커피 가는 소리가 마치 새 발자국 소리 같기도 하고, 빗소리 같기도 하고, 쉬어 가라는 자명종 소리 같기도 하고 반가운 안부 문자 소리 같기도 하다. 호숫가에 있는 커피 향 가득한 카페에서는 리에가 내린 커피와 그 곁에서 남편이 구운 빵으로 하루를 시작한다.

화덕에서 막 구워서 꺼낸 따끈한 깜빠뉴를 서걱서걱 써는 소리도 들려온다. 깜빠뉴는《레미제라블》에서 장발장이 훔친 빵으로 잘 알려진, 바로 그 빵이다. '시골'이라는 뜻의 깜빠뉴는 프랑스 시골 동네 사람들이 나눠 먹던 빵에서 유래됐다.

HAPPY HAPPY BREAD
MARKET
Have a nice day!!
FRESH VEGETABLE
ice cream!!
JULLIE FLOWER

겉은 딱딱하고 투박한 듯하지만, 안은 부드럽고 쫄깃하며 구수한 향이 가득하다.

영화 내내 들리던 원두커피 거르는 소리는 내 스무 살 기억 속의 커피를 떠올리게 한다. 지금이야 인스턴트커피에 물을 부으면 뚝딱 만들어지지만, 내 스무 살의 커피는 주전자에 물을 끓이는 상념의 시간이 필요했다. 한동안 인스턴트의 간편함에 잠시 눈을 돌렸었지만 요즘은 다시 영화 속 리에가 만드는 커피처럼 물이 끓는 시간을 기다리고, 중앙부터 천천히 원을 그리며 커피를 내려 마신다.

언젠가 빗물로 커피를 끓여 마시고 싶다는 생각을 한다. 하늘에서 내린 물로 끓여 먹으면 뭔가 특별하지 않을까 싶어서. 그럴 수 있는 날을 위해 빗물이 깨끗해질 수 있도록 나름 노력하며 산다.

커피 물은 커피를 중심으로 돌리고, 세상은 나를 중심으로 돈다. 괜히 남과 비교하고 부러워하면서 작아지지 말자. 삶은 각자의 다양한 커피 잔에 담겨 깊어가는 거니까. 나의 세상은 나를 중심으로 돌고 있다는 것을 잊지 말자. 때론 조급한 마음이 들더라도 차 한잔을 앞에 두고 숨 돌리며 느긋하게 가는 거다. 빵 오 쇼콜라처럼 화려하진 않아도 깜빠뉴처럼 속내만큼은 어떤 빵보다 구수하고 쫄깃하다는 것을 잊지 말자.

괜히 비교하고 부러워하지 말고
내 인생은 내가 사랑하자.
나의 세상은 나를 중심으로
돌고 있다는 것을 잊지 말자.

세상의 잣대에 자꾸 나를 대입시키지 말고,
내가 특출난 사람이 아님에 절망하지 말자.
급히 앞서가는 사람이 있으면,
먼저 가라고 길을 비켜주면서
서서히 가는 것도 나쁘지 않다.
내 경험대로라면.

내가

그 사람보다
못한 게 뭘까?

마리 앙투아네트

내 몸속에 달달한 피가 흐르고 있다는 느낌이 종종 든다. 단맛은 가장 원초적인 미각이라고도 하지 않는가. 내 혀에 돋아 있는 돌기들은 유별나게 단맛에 반응하는 편이다. 살아오는 동안 나를 매료시킨 디저트들은 달달하다 못해 소름 돋을 정도의 환희들로 가득했다. 그 디저트들과의 첫 순간을, 디저트와 내가 하나가 되던 그 전율의 순간을 잊을 수 없다.

고등학생 때 처음 맛동산 과자를 맛본 날, 한 조각에 탄성이 터져 나왔고 천천히 음미하며 앉은 자리에서 한 봉지를 다 먹었다. 알사탕을 처음 만난 순간도 잊을 수 없다. 첫 사탕을 아사삭 씹는 동시에 나는 행복에 젖어들었다. 대학생 때는 젤리에 빠졌었다. 과일 젤리를 늘 입에 달고 살아서 내 피의 농도가 젤리보다 더 끈적일 것만 같았다. 내가 단것을 좋아하는 이유는 '단군'의 후손이라서 그렇다는 우스갯소리까지 하며 끊임없이 다디단 디저트에 탐닉했다.

그리고 몇 년 전 어느 날, 드디어 마카롱을 만났다. 디저트의 여왕 자리를 꿰찬 마카롱. 아몬드와 달걀흰자, 밀가루를 섞어서 수백 번 휘저어 완성된다는 마카롱! 워낙 까다로운

marie
Antoinette

과정을 거쳐 나온다고 하니 마카롱 사이에 숨어 있는 공기마저 음미하게 된다.

그런 내 눈에 영화 〈마리 앙투아네트〉의 디저트 장면은 그 어떤 꽃밭보다 화려해 보였다. 영화를 보는 내내 침을 몇 번이나 삼켜야 했다. 내 눈을 사로잡은 마카롱은 그 시대 마리 앙투아네트의 상황을 뜻하는 은유였다.

마리는 오스트리아 궁전의 사랑스러운 공주였다. 예쁘고 똑똑하고 음악도 좋아하고 귀엽던, 모두의 사랑과 관심을 받았던, 그래서 그 시절 궁전의 얼굴이었던 공주는 베르사유의 왕비가 되어야 했다. 열네 살에 친정과 작별하고 사랑하는 강아지와도 헤어지고 새로운 궁에 온 것이다.

멀리 떨어져 그리운 엄마는 '후계자를 생산하지 않는 한 너는 바람 앞의 촛불일 뿐이다.'라며 오히려 더 먼 사람처럼 느껴지게 만들었다. 의지할 곳이라고는 남편밖에 없었다. 하지만 남편 루이는 마리를 외면하여 마리가 극도의 외로움에 떨게 만들었다. 고독했던 마리는 베르사유 궁전에서 위태로운 자신의 존재감을 치장과 먹는 것으로 위로받았다. 영화 〈마리 앙투아네트〉를 보면 마리가 먹는 디저트의 화려함에 혀를 내

두를 정도다.

루이 16세의 즉위로 프랑스 왕비가 된 마리는 그 시절 왕궁에서 해오던 관습에 순응하며 지냈다. 그러다 외로움에 잠식되어 눈앞의 탐닉에 사로잡혔고 결국 철없고 개념 없는 왕비로 낙인 찍혀 형장의 이슬로 사라지게 되었다. 누군가에겐 부러운 왕비였지만 한편으로는 알록달록 형형색색의 디저트와 액세서리에만 파묻혀 지내던 외로운 작은 소녀이기도 했다.

모든 과정을 단축하여 만든 마카롱과, 수많은 휘저음의 과정을 두루 거친 시간의 세례를 받은 마카롱의 맛은 단연코 다르다. 먹을 때만 반짝하는 인공적인 단맛과, 길게 여운이 남는 단맛이 확실히 다르다는 것이 느껴진다. 마리도 힘들게 휘핑하는 마카롱 같은 과정을 거쳤다면, 결과가 달라지지 않았을까.

내가 뭐가 부족할까요?

그날은 벚꽃이 화사하게 핀 주말이었다. 오랜만에 만난 후배는 나를 보자마자 하소연을 시작했다. 요지는 이랬다.

자기보다 부족하다고 생각했던 친구가 너무 멋진 남자 친구를 데려왔다는 것. 웃을 때마다 보조개가 쏙 들어가고, 어깨도 넓고 매너까지 갖춘 남자라고 침을 튀겨가며 이야기했다. 스스로 친구보다 내심 더 뛰어나다고 생각하는 부분이 많았는데 꿈에 그리던 남자를, 친구가 자신의 남자 친구라고 소개하니 질투가 피어오르지 않을 수가 없었단다. 그러면서 그 친구가 잘난 남자를 만나서 그런지 더 예뻐졌더라며 연신 거울을 들여다봤다. 그 후배는 그 이후로도 자신을 계속 갉아댔다.

"선배, 나 요즘 늙은 거 같지 않아요? 그 친구는 점점 어려보이던데…, 어떻게 더 예뻐졌을까요?"

"충분히 예뻐. 근데 위풍당당이 빠져서 매력이 반감되어가는 거야. 넌 늙은 게 아니고 나이 들어가는 것뿐이야. 게팅올더(getting older)지, 게팅 올드(getting old)는 아니라는 거야. 누구나 나이는 들어. 매력의 정도는 마음가짐의 차이야."

매번 똑같은 위로를 해주지만 말보다 내가 사주는 술에 더 위로받던 후배였다. 결국 그 후배는 푸념을 한 지 3개월도 못 돼서 전체적으로 성형수술을 하고 나타났다. 콤플렉스인 부분만 시술해도 충분히 예뻤을 텐데 왜 굳이 매력적인 부분까지 총체적으로 고쳐달라고 했는지 너무 안타까웠다. 남들이 다 의학의 힘을 빌려 예뻐지니, 자기도 대세를 따르겠다나. 마리 앙투아네트처럼 자신만의 감옥에 갇혀버린 거 같았다. 자기가 스스로를 가뒀으면서 열쇠는 타인이 쥐게 하여 나오지도 못하는 감옥 안으로.

나는 내가 좋아하는 마카롱 가게에서 종류별로 마카롱을 잔뜩 사서 부기도 채 빠지지 않은 후배에게 건네주었다.

"너는 수술을 하기 전에도 예뻤고 지금도 예뻐, 이 마카롱처럼. 근데 진짜 마카롱은 겉모습만 화려한 건 아니니다?"

그녀가 적어도 그 마카롱으로 순간의 위로가 되었길 바란다.

화려한 명품을 두르고,
궁궐 같은 집에 있어도
그보다 더한 것을 가진 사람과 비교하면
그곳이 지옥일 수 있다.
맘 편하게 잠을 자지 못한다면
그게 무슨 소용일까.
내 한 몸 편히 누일 공간만 있어도
행복할 수 있다.

오늘은 향이 좋은 보디워시로
샤워를 하고 향초를 켜고
달달한 디저트를 먹어보자.
홍차와 간식을 먹으면서 책을 읽으면
그 모습이 꼭 영화의 한 장면 같지 않을까.

옳고 그름의

혼란으로 좀처럼
잠이 오지 않는 밤

모아나

제주도의 작은 동쪽 마을에서 태어나 어린 시절을 바다에서 보내면서 난 늘 바다 저 너머에 있을 육지를 선망했다. 어린 시절엔 헤엄치다 보면 부산이 나올까, 서울이 나올까 하고 먼 수평선을 바라보곤 했었다. 헤엄쳐서 나가면 정말 수평선 너머 TV에 나오는 대도시가 있을 줄 알았다. 멋모르던 시절에 막연하게 꿈꾸는 미래의 내 모습은, 제주도 시골 마을을 벗어나 도시에 사는 여성이었다.

그러나 정작 대학 입시에 실패하고 다락방에만 틀어박혀 아무것도 하지 않는 나를 보다 못한 아버지가 무작정 서울로 가라고, 서울로 가서 취직을 하든지 대학을 가든지 하라며 나를 집에서 내칠 때는 눈앞이 캄캄해졌다. 울고 있는 나에게 할머니는 용기를 북돋아주셨고, 엄마는 몰래 모아두셨던 돈 봉투를 쥐여주셨다. 어릴 때부터 언젠가 꼭 서울에 가리라 마음먹었지만 이렇게 갑작스럽게 떠밀려 가게 될 줄은 몰랐다. 막상 가려니 두려움이 앞섰다.

그때의 나는 제주도를 떠나는 일이 너무나 큰, 무서운 모험으로 여겨졌다. 그 당시 제주도를 떠나 서울로 가서 산다는 것은 내 인생의 너무나도 큰 변화였다. 영어도 못하는데 미국으로 당장 가서 살라고 하는 것이나 다를 바 없었다. 제주도 말밖에 못하는 나는 서울말을 배워야 할 것이고, 냉혈한 같다는 서울 사람들에게 적응도 해야 할 것이라는 생각으로 가득했다. 아마 대입 준비의 실패로 인한 소심함이 나를 더 작아지게 만들었을지도 모른다.

엄마가 쥐여주신 돈 봉투를 싸매고 또 싸매고 가방 깊은 곳에 잘 넣은 다음 서울 가는 비행기를 타기 위해 집을 나서는데 어찌나 눈물이 쏟아지던지. 아침부터 굶었던 나를 위해 엄마는 약간의 먹을거리를 싸주시고, 또 타지에서 필요할 것이라며 이런저런 것들을 챙겨주셨다. 괜스레 몸이 무겁고 발이 쉽게 떨어지지 않았다. 이대로 그냥 가족들 곁에서 살면 왜 안 되지 싶었고, 한편으로는 아버지의 말처럼 다락방에서 벗어나 무언가 행동해야 한다는 생각이 들어 혼란스러웠다.

영화 〈모아나〉에서 모아나가 위기에 빠진 섬을 구하기 위해 먼 바다로 출항할 때, 어머니가 주섬주섬 과일과 먹을 것 보따리를 싸주시는 장면을 보며 나를 서울로 보내던 엄마의 모습이 떠올라 마음 한구석이 짜르르했다. 모아나가 열정적으로 모험을 시작하는 도입부에서 나도 모르게 눈물이 맺혔다.

Moana

Moana

모투누이 섬의 족장인 모아나의 아빠는 모아나가 섬에서, 가족 품에서 곱게 자라기를 원하며 딸이 모험을 떠나는 것을 반대한다. 아빠는 항상 바깥 세상에 대한 두려움을 설명하며 바다 너머를 향한 모아나의 선망을 꺾어놓았다. 하지만 바다는 모아나가 섬에 발이 묶이도록 두지 않았다. 모아나는 바다가 선택한 인간이었고, 생명을 잃어가는 섬을 구할 수 있는 유일한 존재였다.

모아나에게 언제나 용기를 주는 사람은 모아나의 할머니다. 그녀가 왜 바다를 좋아하는지, 그녀가 바다에 나가서도 얼마나 용감할 수 있을지 깨닫게 해준다. "네가 어느 곳에 가든, 나는 네 곁에 있을 거야."라고 말하며 기운을 준다. 할머니의 격려에 힘을 얻은 모아나가 엄마가 싸준 보따리를 들고 바다를 향해 달려나가는 모습에 제주도를 떠나던 내가 겹쳐지며 나는 모아나를 진심으로 응원하게 됐다. 전설 속 저주를 풀어 뗏목을 타고 먼 바다로 출항하는 모아나, 죽어가는 섬을 구해야 한다는 사명감으로 가득한 모아나를 보며 어찌나 설레던지.

처음 서울에 왔을 때 서울말도 서툰 제주도 '촌따이('촌에서 온 아이'의 제주도 말)'가 서울에 정착해 살면서 이렇게 방송 작가로도 활동하고 있으니 내 스스로도 놀랄 때가 있다. 물론 제주도에서 살았어도 이만큼 행복했을 것이다. 아니, 이보다 더 행복했을 수도 있다. 하지만 나의 도전은 나에게 멋진 변화를 불러왔고, 커다란 발전을 가져왔다. 소심한 촌따이가 대학에서 강의도 하고 방송 진행도 하고, 공중파 방송 작가로 30년째 글을 쓰고 있다니. 이게 정말 내가 도전한 인생에서 일어나고 있는 것이 신기할 따름이다.

맞아주는 건 칼바람뿐

모아나

108번의 이력서 제출 끝에 취업에 성공했다고 행복해하던 친한 후배가 떠오른다. 108가지 번뇌를 다스리고 붙은 회사라며 후배가 거하게 한턱을 내겠다더니 베풀기도 전에 회사를 그만두고 말았다. 막상 업무를 시작해보니 하고 싶었던 일과 크게 다르고 그 회사 문화도 맞지 않았다는 게 이유였다. 그 직장이 얼마나 들어가기 힘든지 알고 있는 나로서는 너무 아까워서 탄식이 나왔다.

원숭이가 다른 나무로 건너갈 때 이 나무에서 한 손을 떼지 않고 다른 한 손만 뻗어 저 나무로 건너가듯, 새 양동이를

Motunui furuit juice

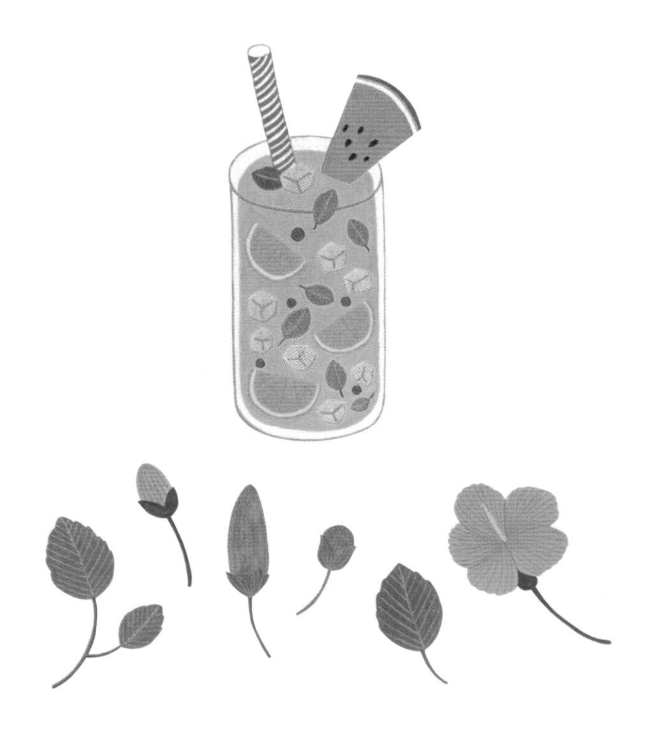

구하기도 전에 헌 양동이를 버리지 말라고 조언하고 싶었지만 그 후배는 원하지 않는 일에 에너지를 쏟느라 원하는 일을 준비하는 것에 버거워지고 싶지 않다면서 과감히 그만두었다.

후배는 그 이후로 한동안 방황했다. 호기롭게 직장을 그만두었으나 맞아주는 건 칼바람뿐이라며, 인생 농사 망한 것 같아 다 갈아엎고 싶다고 엉엉 울곤 했다. 그러더니 1년 반 후에 기적처럼 자기가 원하던 언론사의 기자가 되었다. 후배가 뉴스에서 브리핑을 얼마나 당당하게 잘하는지, 뉴스에 나올 때마다 마치 내가 후배의 부모님인 것처럼 흐뭇하다. 인생은 간절함과 인내와 오픈마인드만 있으면 언젠가 해결된다는 말에 공감하던 순간이었다.

생각해보면 잘 들어간 좋은 직장을 그만두고 방황하던 그 기간 동안 본인은 얼마나 애가 탔을 것이며 부모님 속은 또 어땠을지, 그 집안의 저녁 식탁은 어떤 분위기였을지 짐작이 가고도 남는다. 한편으로 이런 생각도 하게 된다. 만약 그 후배가 원하던 언론사에 합격하지 못했다면? 그렇다면 아마 그 후배는 인터넷 방송에서 자기만의 뉴스를 진행하며 또 자신의 길을 멋지게 걸어갔을 수도 있다. 그런 후배에게 헌 양동이, 새 양동이와 같은 예스러운 조언을 할 생각을 했던 내 자신이 부끄러워졌다.

어느 것이 옳다고 얘기할 수 있는 시대가 아니다. 어떤 것이 옳다고 단정 지을 수도 없는 시대다. 어떤 가능성이든 모두에게 열려 있고, 그 가능성을 선택하고 따라가는 것은 본인의 몫이다. 내가 원하는 것을 향해 도전하는 것, 그 모든 게 지금의 우리에게 열려 있다.

미래가 두렵다고
이불 속에만 들어가 있진 말자.
'이불킥' 하고 나서는 만큼
세상은 생동적으로 움직일 것이다.

눈앞에 보이지 않는다고
미래가 없는 것은 아니다.
나 혼자 노를 젓는 것 같지만
어느 순간 탄력을 받으면
마치 누군가 함께 저어주는 것 같은
힘을 느낀다.
단, 내가 젓기 시작하지 않으면
그 배는 움직이지 않을 것이다.

내 인생에

한 방은 언제일까

해리포터

그날은 강의가 끝나고 학생들과 식사를 하는 자리가 있었다. 앞자리에 앉은 한 학생이 이런 얘기를 했다.

“난 남자에 기대서 울기보다는 벤츠 뒷좌석에 앉아서 외로움에 어깨를 흔들며 울겠어.”

그 말에 다들 공감하며, 소소하고 잔잔하게 이뤄가는 일상의 행복보다는 어떻게 해야 한 방에 큰 성공을 이룰까에 대한 이야기들을 하기 시작했다. 어떻게 하면 갑자기 큰돈이 생길 수 있을지, 어떻게 해야 빠르게 좋은 자리에 들어가 쉽게 돈을 벌 수 있을지.

억만장자가 되고 싶다는 후배들의 이야기에서 로또 이야기가 빠질 수 없었다. 놀랍게도 여러 후배들이 매주 로또를 구매한다고 했다. 로또를 사러 가는 길에 미래에 큰돈이 생겨 행복해지는 상상을 하는 것만으로도 숨통이 트인다고 했다. 한 후배는 “주머니에 있는 로또만이 제 가능성입니다.”라는 취중진담을 하기도 했다. 로또만 된다면 매일 이른 아침에 눈떠서 회사에 가지 않아도 되고, 남의 비위 맞추지 않아도 되고, 평생 허덕허덕 어렵게 돈 벌지 않아도 된다나.

요즘 초등학생의 꿈은 건물주이고, 중학생의 꿈은 상가

Harry Potter

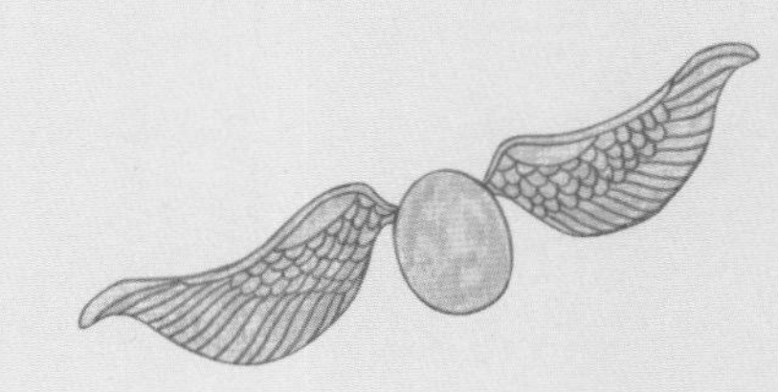

임대업자라는 말이 나올 정도니, 한참 꿈을 설계 중인, 장기적으로 다양하고 기나긴 공사를 앞둔 청춘들에게 돈에 대한 갈망이 어떨지 충분히 추측이 된다. 물론 100세 시대인 만큼 현재 안정적으로 돈을 벌고 있는 사회중장년층도 마찬가지일지도 모른다.

개그맨 P씨가 오랜 무명 생활 끝에 거액의 CF 출연료를 받게 되었을 때, 전부 현금으로 바꿔서 검은 비닐봉지에 담아 장을 봐온 것처럼 아버지께 드렸다고 한다. 그의 아버지는 비닐봉지를 받아 열어보시고는 눈물을 흘리면서 이렇게 말하셨다고 한다.

"너를 쌍둥이로 낳을 걸 그랬다."

갑작스러운 성공, 떼돈, 물론 짜릿하다. 하지만 돈의 구조는 욕망으로 이루어져 있다. 적당한 욕망은 에너지가 되지만, 땀이 없는 욕망은 바람 속에서 볏짚에 불붙이고 뛰어가는 것이라 했다. 볏짚도 태우고 자신도 태운다는 것이다. 수단으로 삼아야 할 돈이 목적이 될 때 추해지고 불행해지는 것을 많이 봐왔다.

훅 올라가는 건 좋은데, 훅 내려가면 어떡해

《해리포터》에서 부모를 잃고 이모네 집에서 온갖 구박을 받았던 해리가 마법사가 되지 않았다면 우린 그 책을 끝까지 읽지 못하고 답답함에 던져버렸을지도 모른다. 사촌 두들리가 코를 때려 부러진 안경을 테이프로 붙여서 쓰던 해리, 먼지투성이인 계단 밑 벽장에서 지내면서 마멀레이드도 없이 마른 빵만 먹던 해리가 마법사 중의 마법사라는 것! 그것이야말로 미리 예견된 통쾌한 한 방이고 사이다다.

묵직한 한 방을 갖고 태어난 해리의 인생은 어느 마법사들이 봐도 부러운 존재였다. 누구에게나 존경을 받았다. 어딜 가든 관심을 받았고, 먹고 싶은 거, 사고 싶은 거 모두 살 수 있을 정도로 은행에 돈도 가득했다. 큰 노력 들이지 않아도 태생 자체가 큰 한 방이었던 해리는 행복했을까?

노력 없는 부와 명예는 해리를 벽장 안에 살게 했고, 목숨을 위협받게 했다. 론의 부러움을 받았지만 해리는 오히려 론의 소소한 행복이 부러웠다. 해리에게 행복은 수많은 사람들의 관심과 넉넉한 주머니보다는 친구들과 모여 마시는 버터맥주 한잔이었다. 그 한잔이 행복이었다. 추운 날에 바람을 피해 어깨를 움츠리고 호그스미드를 걷다 론과 헤르미온느와 함께 앉아 마시던 버터맥주! 해리는 버터맥주와 같은 소소하고 따뜻한 행복을 누리기 위해 수많은 싸움과 고단한 일들을 겪었고, 그 후에야 남들이 누리는 평범한 일상을 찾을 수 있었다. 태어나자마자 주어진 부와 명예는 소소한 일상을 빼앗길 만큼의 낙하를 겪은 후에 다시 지켜낼 수 있었다.

우리가 흔히 부러워하는 금수저도 사실상 도금수저와 다를 바 없다. 남들 눈에는 금수저로 보여도, 힘겨운 고비를 이

BERTIE BOTT'S BEANS

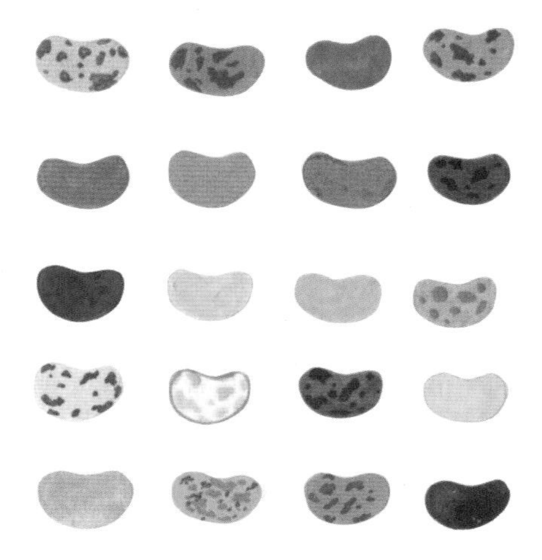

겨내고 또 이겨내어 진정한 금으로 거듭나지 않는 이상, 그 금은 벗겨지고 추하게 변하기 마련이다. 본인이 가진 것에, 가진 돈에 만족하는 사람은 흔치 않다. 돈을 향한 욕망이 계속 가속화되기 때문이다.

다음에 후배들을 다시 만난다면 물어보고 싶다.

"해리포터처럼 다 갖고 태어난다면 볼드모트랑 6년 내내 목숨 걸고 싸워도 괜찮아? 그래도 한 방이 좋아?"

더불어 《해리포터》에서 덤블도어 교수가 소망의 거울 앞에서 매일 서성이며 남들이 흔히 가진 행복에 목말라하는 해리에게 했던 말을 전해주고 싶다.

> "소망의 거울이 우리 모두에게 무얼 보여준다고 생각하니? 세상에서 가장 행복한 사람은 소망의 거울을 보통 거울처럼 사용할 수 있단다. 그것을 들여다보면 정확히 자신의 현재 모습이 보이니까 말이다. 이건 우리 마음속 깊은 곳에 있는 소망, 바로 그것을 보여준단다.
> … (중략) …
> 꿈에 사로잡혀 살다가 현실을 잃어버리는 것은 좋지 않은 일이라는 걸 기억하기 바란다."

후배들과 식사 자리를 갖고 나서 집에 온 후에 무언가 헛헛한 마음에 맥주를 한잔 더 할까 하다 그만두었다. 날이 추워서였는지 따뜻한 무언가를 마시고 싶었다.

벽난로 옆에 멋진 크리스마스트리와 커다란 창문 앞에 작은 테이블에서 따뜻한 버터맥주를 마시던 해리와 헤르미온느, 론이 떠올랐다. 그래, 한번 시도해보자! 집에서도 해 먹을 수 있는 레시피를 인터넷에서 봤던 기억이 떠올랐다.

집에 재료가 완벽하게 갖추어져 있지는 않았지만, 얼추 재료를 맞춰 만들었다. 일반적인 맥주의 시원함은 아니었지만, 대신 따끈하게 속을 데워주었다. 맥주와는 다른 부드러움이 목을 타고 넘어갔다. 쉴 새 없이 쏟아지던 거대한 성공과, 돈 이야기에 서늘해졌던 속을 달랬다. 아, 달다. 이렇게 헛헛한 날 한 번씩 만들어 먹어야겠다는 생각이 들었다.

행운이란 나비와 같다.
너무 조급하게 굴면
행운이 앉을 자리가 없다.
한순간에 올라갔다면
한순간 내려올 수도 있는 것을….
한 방만을 위해
평생 아등바등할 필요는 없다.

창틈 사이로 햇살이 인사한다면,
창밖으로 달빛이 보인다면
몸을 맡겨 편하게
마음을 가라앉혀 보자.
그것만으로도 충분히
낙원이 될 수 있으니까.

내 꿈과 열정을
다시 찾아달라고
떼쓰고

싶어질 때

마녀 배달부 키키

누구에게나 인생에서 놓칠 수 없는 중요한 것들이 있다. 내게 소중한 것들은 이런 것들이다.

따스한 햇살이 방긋 웃어주는 아침
사계절의 신선한 과일
목욕과 수영
혼자 누리는 차 한잔의 향기
가족과 누리는 일상
친구와 함께 먹는 디저트
꿈꾸기와 나누기

나의 개인적인 리스트지만 '꿈꾸기와 나누기'는 누구에게나 중요한 것이라고 생각한다. 하지만 이것도 어느 정도의 열정이 있을 때 유지되는 것 같다. 뜬금없이, 느닷없이, 모든 것에 열정이 미지근해지다가 바닥인 걸 알아차리는 순간, 생의 의욕도 정지한 듯 느껴진다. 젊음은 'stage of age(나이의 시기)'가 아니라 'state of mind(마음 상태)'라더니 팔팔한 나이인데도 열정이 가출한 거 같고, 나를 지탱해주던 것들마저 시들해져 있는 것 같다는 순간이 온다.

여러 번 정주행하고 싶게 만드는 미야자키 하야오 감독의 애니메이션 작품 중 하나인 〈마녀 배달부 키키〉에서 키키도 그러한 좌절을 경험한다.

귀여운 소녀 마녀 키키는 머글과 마법사의 피를 반반씩 물려받은 해리포터의 친구 헤르미온느처럼 마녀 엄마와 인간 아빠 사이에서 태어난 혼혈 마녀다. 빗자루를 타고 날아다닐 수 있는 선천적인 재능을 타고났는데 어느 빵집의 옥탑방에서 지내면서 배달부 일을 한다. 요즘으로 치면 빗자루 타고 날아다니는 퀵서비스 소녀인 셈이다.

키키의 단골손님인 한 할머니는 어느 날 손녀에게 청어파이를 배달해달라고 한다. 키키는 손녀를 사랑하는 할머니의 마음을 고스란히 전달하기 위해 폭우를 뚫고 비를 맞아가며 우여곡절 끝에 무사히 청어파이를 전달하지만, 손녀는 할머니로부터의 배달을 달가워하지 않는다. 할머니의 사랑과 키키의 정성까지 합쳐진 청어파이지만 그 마음이 손녀에게 닿지 않자, 키키는 비까지 맞은 데다 속상한 마음까지 겹쳐 앓아눕는다. 몸이 아프다 보니 마음도 더 힘들어지고, 자신의 일에 대한 회의와 좌절감까지 느끼게 되어 열정의 불이 꺼져

Kiki's Delivery Service

간다. 게다가 키키를 인정해주고 위로해주던 남자 친구 톰보가 함께 어울리던 친구들 중에 그 할머니의 청어파이를 달가워하지 않던 손녀가 있는 것이 아닌가. 예쁜 옷을 입고서 히히덕거리는 애들을 보며 키키는 그들과 어울리고 있는 톰보가 싫어졌고 동시에 톰보의 친구들과 비교해 자신이 초라하게 느껴졌다. 하물며 자신의 유일한 친구인 고양이 지지마저 여자 고양이에 빠져서 정신을 못 차리는 게 아닌가. 실망감 때문에 키키의 열정은 점점 사라져갔고, 이내 자신의 마법이 약해져 있음을 느낀다. 잘 들리던 고양이 지지의 말이 들리지 않고, 빗자루 타고 날지도 못하게 되어버린 것이다.

집 안에 바나나빵의 향기가 퍼지던 그때

나에게도 자존감이 롤러코스터처럼 급격히 상승했다 급격히 추락하기를 반복했던 시기가 있었다. 17년간 매일 일했던 프로그램이 갑자기 없어졌을 때 지진이 일어나는 느낌이었다. 그 채널을 알리기 위해 내 모든 것을 다 바친 세월이었다. 돈을 벌기 위해 한 일이 아니었다. 순수한 열정으로 채널과 나를 동일시했던 세월이었다. 그런데 한순간에 그 채널에서 프로그램이 없어진다는 것이다. 물론 언젠가는 누구에게나 그만둬야 하는 시점이 온다. 예외 없이 언젠가는 누구든, '그만'이라는 말을 듣게 된다. 알고 있었지만, 그 인생의 이치가 이렇게 예고도 없이 닥칠 줄은 몰랐다. 누구를 붙잡고 하소연해도 그 처연함과 황망함이 나 자신만큼 절실하진 않음을 깨달을 수 있는 계기였다.

그때 갑자기 나에게 휑한 시간이 주어졌다. 매일 새벽 3시에 일어나는 습관에 이미 길들여진 나는 정확히 새벽 3시마다 눈이 떠졌고 멍하니 앉아 이제 난 뭘 해야 하지? 하고 되물었다.

그러다 빵을 굽기 시작했다. 갑자기 널널해진 일상의 시간 앞에서 내가 할 수 있는 일은 글 쓰는 일 외에는 빵을 굽는 일밖에 없었다. 10년 전 일요일마다 1년간 빵을 만들러 다닌 경험이 있었고 무엇보다 빵을 좋아했기에 다행이었다. '그래, 방송이 나를 힘들게 한다면 일단 잊어보자. 그리고 나보다 더 힘든 사람들에게 뭔가를 주고 나누는 일을 해보자'라고 생각했다. 내가 가장 잘 만들 수 있는 바나나빵을 만들기 시작했고, 힘든 사람들이 있는 곳으로 빵을 10줄씩 만들어서 배달했다. 그즈음 열린 학교 총동문회 행사에도 10줄씩

KiKi Shopping List

만들어서 기부했다. 그들이 빵을 좋아하는지도 모르면서 내가 주고 싶어서 매일 밀가루 반죽을 하고 빵을 구워댔다.

그렇게 시간이 흘렀고 빵 만드느라 정신없이 바쁜 와중에 전화를 받았다. 다른 채널로 그대로 시간만 이동해서 방송하자는 전화였다. 전보다 시간도 짧고 주말도 없는 편성이었지만, 다시 일을 할 수 있다는 기쁨이 밀려왔다. 일을 계속했다면 알 수 없었을 짜릿함이었다. 매일 쓰던 방송 원고를 잠시 쉬고 내 시간을 가지면서 얻은 놀라운 효과였다. 곰곰이 생각해보면 인생에는 서클이 있는 거 같다. 어느 주기에는 너무 힘든 일들이 반복되다가도 어느 순간 또 평안한 시기가 온다.

평범한 일을 하던 나조차 하던 일을 멈춰야 하는 고통이 컸는데 타고나길 마법사로 태어난 키키가 마법을 부리지 못하게 되는 기분은 어땠을까. 너무나 당연하게 지니고 살아온 것에 대한 상실로 인해 키키의 존재감과 자존감은 바닥을 쳤다. 하지만 언제나 구원 투수는 있기 마련! 때마침 만난 친구 우슐라에게 공감과 위로를 받았다.

Kiki
Hot
CAKE

— 나 예전에는 아무것도 생각하지 않아도 날 수 있었는데 지금은 어떻게 날았는지 생각이 안 나.
— 나도 그림이 안 그려질 때가 있어.
— 정말? 그럴 땐 어떻게 해?
— 그럴 때는 버둥거리는 수밖에 없어. 그리고 또 그리고 또 그려대.
— 그래도 여전히 잘 안 되면?
— 그리는 걸 관두지. 산책을 하거나 경치를 구경하거나 낮잠을 자거나 아무것도 안 해. 그러다 보면 갑자기 그리고 싶어지는 거야.

우슐라가 하는 말에 잠시 입을 벌리고 집중하게 되었다. 이 대사가 너무 와 닿았다. 내가 슬럼프에 빠질 때마다 해결하던 방법이라 격하게 공감이 되었다. 지금도 원고가 잘 안 될 때는 서너 번 매달려보다가 그래도 안 되면 그냥 훌렁 놔버리고 다른 것에 집중한다. 꽉 막힌 마음도 풀리고, 일도 풀리게 됨을 느낀다.

꿈도 그런 것이 아닐까. 힘들면 너무 몰아치지 말고 잠시 틈을 주는 것. 다시 꿈이 그 틈을 타고 내게 와 부활하는 것. 일하다가도 멈춰야 할 때가 있고, 준비하는 것도 멈춰야 할 때가 있다. 키키도 자신을 잠시 놔두고 마법을 잊고 살다가 누군가를 위하는 마음이 생기자 다시 날아오르는 데 성공한다.

우리도 사는 것에 치여 꿈을 잃어버리고 살아갈 때가 있지만, 꿈을 잊지 않는다면 키키처럼 꿈을 향해 날아오를 수 있을 것이다. 내 꿈과 열정이 소멸해가고 있는 것을 느낄 때, 그것들을 다시 찾고 싶을 때, 잠시 그 꿈과 열정이 내 곁에 있지 않는 듯해도 기다려주자.

일이 잘 안 풀릴 때는
될 때까지 어떻게든 버둥거려보고,
그래도 안 된다면 더 이상 마음 쓰지 말고
잠시 쉬는 시간을 갖자.

쉼표가 느낌표로
이어지게 해준다는 것을 잊지 말자.
힘들면 잠시 일상을 멈추고
내 마음속에서 들리는 소리에 귀를 기울여보자.
나에게 휴식을 선물하는 날이 꼭 있어야 한다.
잠시 쉬면 키키처럼 다시 날아오를 수 있다.

성공은
부럽지 않아.
그냥 아무나로

살면 어때

작은아씨들

멋지게 살고 싶다! 훌륭하게 살고 싶다! 한 번 사는 인생인데, 뻐기기도 하고 나비처럼 나풀나풀 날갯짓하며 날아다니고 꽃들이 반기는 그런 삶! 감탄하고 전율하는 삶! 물론 멋지다.

하지만 일상은? 매일 쳇바퀴 굴리듯 돌아가는 삶에서 도무지 생의 희열이라고는 찾을 수 없고, 인생의 반전을 꾀할 어떤 희망의 기미도 보이지 않는다. 그렇다고 인생의 장면 전환을 해낼 만큼 그동안 쌓아놓은 것은 없고, 내 의지는 부서지기 쉬운 쿠크다스 같다. 레드카펫 깔린 인생길로 향하기는 이미 틀린 거 같은 이 느낌. 마음에 종종 침투하는 감정이다.

오늘 방송 중에 한 청취자가 이런 문자를 보내왔다.

"전 바보 같아요. 이뤄놓은 것도 없고, 세월은 가는데 비전도 없고, 아침이면 출근하고 저녁이면 퇴근하고, 25일이면 월급 받고 카드값 내고…. 그럼에도 오늘 또 새로운 하루를 시작했어요. 무슨 꿈을 꾸면 되죠? 저는 어느새 바보가 돼 있는 걸까요?"

막연하게 고민을 얘기한 문자였지만, 그 마음에 너무나

공감이 가서 그 청취자에게 이렇게 말해주고 싶었다.

"노 프라블럼! 일단 지금은 아침 햇살, 이 햇살을 즐기세요. 그것만으로 충분히 괜찮아요. 꿈을 꾸려고 너무 애쓰지 마세요. 청취자 님이 누리는 그 일상은 누군가에게 엄청난 부러움의 대상일 수 있답니다."

뻔한 이야기 같지만, 진심에서 우러나온 말이다.

우리가 그동안 비범한 인생을 살기 위해서 얼마나 자신을 괴롭혀왔는지 생각해보게 된다. 성적 때문에 혹은 실적 때문에 스스로를 닦달해온 시간들. 훌륭한 사람이 되라고 들볶는 사람들에게 휘말린 시간들. 갑이 아닌 을이기에 작아진 일들….

내가 살아온 길을 돌아보면 총체적인 '을'이었다. 진행자에게 늘 원고 눈치를 봐야 하는 '을'이고, 비정규직인 나의 인사를 담당하는 정규직 직원들에게 '을'이고, 청취자에게 쩔쩔매야 하는 '을'이었다. 개편 때마다 이번에도 계속 일을 할 수 있는 건지 아닌지, 파리 목숨인 프리랜서, 줄여서 '파리랜서'라고 씁쓸하게 웃어야 하는 전형적인 '을'의 인생.

생각해보면 참 신기하다. 이 세월 동안 내가 버텨온 것을 보면 말이다. 나는 경쟁하는 대신 함께 가고 싶었고, 이기는 것보다 소소한 순탄함이 좋았다. 특별함보다, 비범함보다 그냥 평범함이 좋았다. 오래 버티며 살다 보니 인생이 비루하고 허접해보일 때가 있었다. 나는 하루하루 개미처럼 일하고 매일매일 끙끙대며 쳇바퀴 돌리고 있는데 늘 날아다니는 거 같은, 화려하게 사는 특별한 사람도 많고 잘난 사람도 많다. 하지만 살아 온 세월을 돌아보니 못난 맛으로, 평범한 행복으로 지내온 것도 나름 괜찮은 거 같다.

방송을 하면서 다양한 분야의 성공한 사람들을 초대석에 수없이 모셔봤다. 내로라하는 스타들, 우리가 흔히 아는 사회의 훌륭한 명사들이 모두 행복을 대변하고 있지는 않았다. 물론 각 분야에서 크게 성공했다는 점에 있어 존경심이 드는 것은 사실이지만, 그 성공이 행복의 정도와 비례하는 건 아닌 거 같았다. 어떤 사람들에게서는 외로움 혹은 비릿한 슬픔마저도 느낄 수 있었다. 특별한 사람이라고 특별히 행복한 것도 아니다. 그렇다면 그날그날 각자의 기준에 맞게 우리가 행복해버리면 되는 것 아닌가. 이를 깨달은 후로 난 일상에서 작은 순간의 기쁨이나 사소한 행복을 중요시하게 되었다.

나는 스스로가 너무 초라하게 느껴질 때는 일단 위장을 달래는 편이다. 기운을 뜻하는 기(氣) 자를 보면 그 안에 쌀 미(米) 자가 들어가 있다. 주로 쌀이 주식이 되는 우리에게는 쌀이 기운이 되어주는 것이다. 나의 경우엔 빵이 주식이라 커다란 빵 한 덩어리 하나만 눈앞에 있어도 호랑이 기운이 불끈불끈 나기도 한다. 마음에 숨이 들어가는 것을 느낄 수 있다. 일상의 양식을 맛있게 먹기 위해 혀를 양치질할 때도 살살 닦게 된다. 혹여나 맛을 느끼는 돌기가 상할까 봐. 나에게는 먹는 것이 행복이라면, 누군가에게는 퇴근길에 읽는 책 한 권이, 누군가에게는 그날의 노을이, 누군가에게는 반려견과 함께하는 일상이 행복일 수 있다. 행복은 멀리서 오는 것도, 거창한 것도 아니다.

평범한 삶의 내음

영화 〈작은 아씨들〉의 첫 장면이 그러했다. 크리스마스 저녁을 준비하는 가족들이 나오는 장면, 커다란 빵이 놓여 있는 식탁과 그 빵을 앞에 두고 행복한 자매의 표정이 내 눈길을 끌었다. 〈작은 아씨들〉은 남북전쟁이 한창이던 1860년

Little
Women

대가 배경이다. 전쟁터에 간 아버지를 기다리는 어머니와 네 딸이 나온다. 우리 집도 네 자매라 그런지 더욱더 친밀감이 느껴졌다.

네 자매의 크리스마스 식탁에 등장하는 커다란 건포도 빵과 하얀 눈처럼 탐스러운 버터가 인상적이었다. 비록 아버지를 기다리는 자매들이지만, 행복은 가까운 곳에 있다는 것을 알고 있다. 불쌍한 사람들을 위해 빵을 품에 안고 눈길을 걸어 가져다주는 자매의 표정은 밝다. 영화 속에서 빵을 만드는 장면이 자주 나오는데, 이는 일상의 소중함을 강조한다. 빵 반죽을 만들어 빵을 구워내고 집 안에 빵이 익어가는 내음이 퍼지면 집이 더없는 천국으로 느껴지니까. 어쩌면 내게 빵이 행복의 대명사 같은 존재이기에 더 그렇게 보였을지도 모르겠다.

〈작은 아씨들〉에서 특별한 사람을 만나고 싶어하는 딸들에게 어머니는 이런 이야기를 해준다.

내 딸들이 좋은 남자와 사랑하는 경험을 하길 바란다.
상대가 부자이기 때문에 단지 그 이유로 사랑도 없이 결혼하는 건 불행한 일이야.
가난한 남자라도 사랑한다면 여왕처럼 행복해질 수 있어.
신랑감을 찾아서 기웃거리는 처녀들보다는 행복한 노처녀가 백배 나아. 그렇지만 걱정 마. 너희는 틀림없이 행복한 삶을 살게 될 테니까.
자신의 가치가 미모라 생각하면 언젠가 그게 전부가 될 뿐이야. 아름다움은 사라져버리지만 사라지지 않은 건, 마음에서 우러나는 거야.
유머, 친절함, 용기. 너희들이 그런 걸 간직하길 바란다.

평범한 삶이 얼마나 소중한지 일러주는 엄마. 참 멋지다.

영화에서 둘째 딸 '조'는 작가 지망생이다. 큰 도시로 나가 작가의 꿈을 이루기 위해 고군분투하지만 중간에 동생 베스가 아파서 집으로 돌아오게 된다. 베스는 조에게 말한다.

"언니, 보고 싶었어. 왜 모두 떠나려고만 하지? 난 집에 있는 게 좋은데…. 혼자 남겨지는 건 싫어. 그래서 내가 먼저 가는 거야. 겁나지는 않아. 하느님이 부르면 어쩔 수 없잖아. 하지만 언니가 보고 싶을 거야, 천국에 가서도…."

착한 동생 베스는 마지막 말을 남기고 세상을 떠난다. 조는 인생에서 중요한 것이 무엇인지에 대해 많은 생각을 하게 된다. 작가로서 큰 도시에서 큰 꿈을 이룰 수 있지만 결국 집에 남아 그 지역에서 아이들을 가르치며 사는 삶을 택한다. 비범한 삶 대신 집에서 빵을 굽고 동네 애들을 가르치며 사랑하는 사람과 살아가는 평범한 삶을 택하는 것으로 영화는 훈훈하게 마무리된다.

소소하지만 큰 행복으로 다가오는 그런 삶이야말로 위대하다고 느낀다. 바로 그것이 내가 〈작은 아씨들〉을 좋아하는 이유다.

남들과의 경쟁에서,
스스로를 다그치느라 지치고 힘들 때
내 자신에게 이렇게 말해주자.
꼭 특별한 필요가 뭐 있어.
그냥, 나답게 이대로 살면 어때.
오늘은 그냥 이렇게 살자.

내가 웃으면 행복한 것이고,
내가 만족하면
그게 최고 행복상류층이니까.

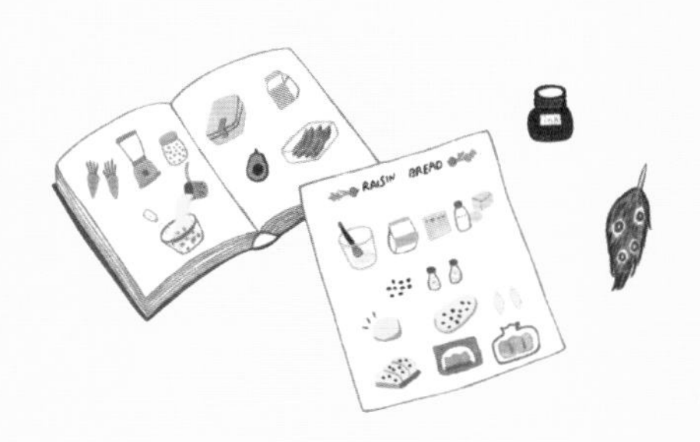

문득 가족이 그리워지는 날

이웃집 토토로

가족이란 뭘까. 어떤 사람은 '가까이 사는 족쇄'의 준말이 가족이라는 우스갯소리를 한다. 다른 사람이라면 그냥 넘어갈 만한 일을 가족이 그러면, 가족이라는 이유로 쉽게 상처 받곤 한다. 오죽하면 어떤 영화감독이 말하길, 아무도 안 볼 때 쓰레기통에 처박고 싶은 게 가족이라고까지 했겠는가. 가족이 짐으로 느껴지거나 내가 애써 쌓아 올린 것을 잡아먹으러 온 존재인가 하는 느낌이 들 때도 있다. 줘도 줘도 끝이 없고, 늘 뭔가 더 줘야 할 것 같은, 빚진 마음이 드는 것을 보면 전생의 빚쟁이가 현생에서 가족으로 온 것이 아닌가 싶을 때도 있다.

하지만 가족은 결정적일 때 빛을 발하는 존재가 아닐까. 아무것도 남지 않았을 때 제일 먼저 찾게 되는 존재가 바로 가족이다. 설령 세상의 모든 사람이 등을 돌린다 해도, 가족은 나를 걱정하고 내 손을 잡아주고 나를 안고 우는 존재들인 것이다.

가족은, 가장 편한 존재들이다. 민낯으로 만나야 가장 자연스러운 사람, 치장하지 않고 그대로의 모습으로 만나는 사람, 밖에 나갈 때 쓰고 있던 가면을 벗어놓고 만나는 가장 편한 사람. 그런 사람들이 가족이 아닐까. 싸우고 성질내고 괜스레 짜증을 내도 시간이 지나면 생채기가 남지 않는 존재. 서로의 존재 자체만으로 응어리가 스르르 녹아버리는 존재 말이다.

나에게 가족은 식구의 의미로 시작되었다. 매일 같은 반찬으로 밥을 먹는 식구 말이다. 어려서부터 같은 밥상에서 같은 반찬으로 밥을 먹으며 생긴 '밥정'으로 가족의 의미는 시작되었다. 어느 순간이 되면 각자 흩어져 살지만 어린 시절의 밥을 같이 먹던 그 정은 마음속에 켜켜이 세포화되어 그리움이 된다. 어린 시절에 먹던 음식이 그리운 것은, 그 시절의 가족이 그리운 것이 아닐까.

중학생이던 어느 날, 점심을 빨리 먹고 동생에게 전할 것이 있어 동생네 교실로 향했다. 동생은 한참 도시락을 먹고 있었다. 동생의 도시락 속 반찬은 내가 방금 먹고 온 도시락 반찬과 똑같은 멸치볶음과 달걀말이였다. 그날 생각했다. 가족이란 같은 밥과 반찬을 먹는 존재구나.

같은 반찬을 나눠 먹는 게 가족이라는 것을, 애니메이션 〈이웃집 토토로〉를 보고도 느낄 수 있었다. 병원에서 지내는

My Neighbor Totoro

엄마 때문에 시골로 이사오게 된 세 식구, 아빠와 언니 사츠키와 동생 메이. 엄마가 입원해 계신 탓에 사츠키는 메이의 엄마 역할까지 한다. 엄마 대신 집안일도 하고, 집에서 논문 쓰는 아빠와 어린 동생을 위해 도시락도 준비한다. 도시락 반찬은 아빠, 메이, 자신의 것까지 세 개 모두 같은 반찬이다. 도시락에는 우리 집처럼 커다란 멸치도 들어가 있다. 엄마의 부재로 인해 남은 세 식구가 서로 더 의지하며 지낸다.

어느 날, 언니가 학교에 있는 시간에 홀로 돌아다니던 메

이는 숲속에서 토토로를 만나게 된다. 집으로 돌아와 언니와 아빠에게 신나게 이야기를 하지만 가족들은 믿지 않는다.

옥수수를 껴안고 다닌 이유

주말에 엄마가 집으로 온다는 말에 메이는 엄마에게 줄 옥수수를 챙긴다. 그러나 퇴원하기로 했던 엄마가 못 온다는 소식을 듣자 메이는 엄마가 보고 싶은 마음에 울며 떼를 쓴다. 사츠키는 메이에게 소리를 지른다. "엄마가 더 아프지 않으려고 못 오시는 건데 그러면, 너 엄마가 돌아가시면 좋겠어?"

어린 동생은 엄마를 보지 못한다는 서러움 때문에 우는 것인데, 언니는 본인의 속상함까지 더해 괜스레 동생을 다그친다. 동생에게 상처를 주면서 동시에 본인의 말에 상처를 받는 사츠키다. 메이는 언니의 말에 상처를 받고 엄마에게 줄 옥수수를 들고 뛰쳐나간다.

메이는 그저 몸에 좋다고 들은 옥수수를 엄마에게 주고 싶어서 길을 나서고 그러다 길을 잃는다. 사츠키는 미친듯이 메이를 찾아다니다가 동생 메이가 얘기했던 토토로를 만나도움을 받게 된다. 토토로의 부름으로 날아온 고양이 버스를 타고 사츠키와 메이 자매는 병원 창밖에서 엄마가 무사한지 지켜보고 돌아온다.

가족이란 그런 것이다. 메이가 자기 몸만 한 옥수수를 들고 다니며 엄마에게 전해주고 싶은 것처럼, 좋은 것을 보면 나눠 먹고 싶은 것, 설령 떨어져 있다고 해도 한 공간에 속한 것을 느끼게 해주는 마음과 같은 것이다. 나와 같은 도시락 반찬을 먹고 있던 동생을 보며 내가 느끼던 기분 그대로인 것이다.

참 이상하다. 내가 행복할 때는 가족 생각이 나지 않다가, 내가 힘들 때면 부쩍 가족 생각이 나는 걸 보면 말이다. 그렇다면 평소에 표현하며 살아야 하는데 쉽지가 않다. 매일 공기에게 '고마워'라고 말하지 않듯, 언제나 곁에 있고 꼭 필요한 공기와도 같은 가족에게 고맙다고 표현하기 어려운 것이다.

내가 가장 마음이 울컥해질 때는 엄마 생각을 할 때다. 엄마를 보내고 깨달은 것이 있다. 평소에 내가 엄마에게 너무 연락을 하지 않았다는 것. 제주도에 계셔서 자주 찾아뵙지도

LUNCH BOX TIP!

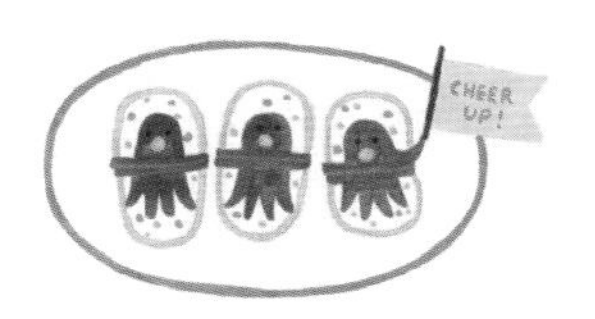

못했다. 그저 무소식이 희소식이겠거니 하며 지냈다. 그런 마음으로 엄마에게 전화를 더 자주 하지 못한 것이, 엄마 건강하실 때 여행 한 번 같이 가지 못한 것이 가슴이 미어지도록 회한이 서린다. 엄마를 조금 더 챙겨드릴 걸, 조금 더 안아드릴 걸 하고 두고두고 후회한다.

아침에 '좋은 아침!'이라고
한마디 건넬 수 있는 가족이 있다면
기회를 놓치지 않았으면 좋겠다.
남들에게는 수없이 뱉는 말이지만
정작 우리는 가족에게
기분 좋은 아침을 나누지 않으니까.

요즘은 직접 얼굴 보고 하지 않아도
SNS상에서 이모티콘으로
마음을 쉽게 표현할 수 있다.
지금 이 글을 읽는다면,
가족에게 짧은 인사 한마디
문자로라도 남겨보면 어떨까.

외로움이 침입한, 비 내리는 날

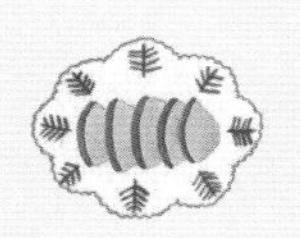

달팽이 식당

얼마 전에 학교에서 가르치던 학생으로부터 이런 질문을 받았다.

"이제까지 살아오면서 가장 힘들었던 시간이 언제예요?"

내 인생에서 가장 힘든 시기. 지금 다시 떠올려도 눈물이 날 거 같은 절망의 시기가 있었다. 독일에서 지냈던 30개월이라는 시간. 남편의 논문 때문에 따라간 독일 생활이었다. 갓 돌 지난 아기를 데리고 낯선 베를린으로 갔는데, 남편이나 나나 둘 다 세상물정도 잘 모를 때였다.

유학생인 남편은 독일 교수와 함께 진행하는 연구 과정에서 받는 언어 스트레스와 논문에 대한 중압감으로 늘 저기압이었고, 나도 무턱대고 남편을 따라와서 꼼짝없이 집에서 아이와 24시간을 보내느라 육아 스트레스에 시달렸다. 한국에서 가족들의 도움을 받으며 하는 육아도 힘든데, 타지에서 독박 육아를 하려니 외로움에 치가 떨렸다. 하루 종일 대화다운 대화 한 번 해보지 못하는 나날이었다. 그 시절의 일기장을 들여다보면 힘들고, 아프고, 저렸던 그때의 감정이 지금도 생생히 살아난다.

낯선 곳에서 여러 가지로 견디기 힘들었지만 가장 큰 문제는 돈이었다. 가져간 돈으로 2년 반이라는 시간을 견뎌야 하니 아이가 먹고 싶어 하는 과자조차 선뜻 사줄 수가 없었다. 어느 날은, 비가 오는데 걷다 보니 아이 신발이 너덜너덜 떨어져버렸다. 아이가 "엄마, 이거 봐!" 하면서 신발을 보여주는데, 밑창이 떨어져서 너덜거리고 있었다. 이미 신발 안으로 비가 잔뜩 스며들어간 상태였다. 놀란 마음에 아이를 얼른 안아서 우산을 씌웠다. 비에 잔뜩 젖어 집으로 서둘러 뛰어가는데 얼굴 가득 흘러내리는 물기가 빗물인지 눈물인지 구분할 수 없었다. 벼룩시장에서 당시 우리 돈으로 500원 정도 하는 1마르크짜리 신발을 사서 신겼는데, 그렇게 빨리 해질 줄 모르고 계속 빨아서 신긴 것이다. 아이가 괜히 고생하는 거 같아서, 비에 젖은 채 아이를 안고 미안해하며 눈물지었다.

당시에 나를 더욱 괴롭혔던 것은, '나는 지금 뭐하고 있는 건가.'라는 생각이었다. 글을 계속 쓰고 싶은데 이렇게 지내다가 몇 년 후 서울로 돌아갔을 때 내 자리가 있을까 하는 불안감이 컸다. 방송이란, 자리를 늘 비워두지 않는 법이고 기다려주지 않으니까 말이다.

겨울의 베를린은 비가 내리면 더욱 음습하고 으스스한 것이 모든 도시의 불이 꺼진 듯한 잿빛이었다. 회색도시에서 부슬부슬 내리는 비는 등줄기가 오싹거리게 했다.

그러던 어느 날 자다가 문득 눈이 떠졌다. 남편도 자고 아이도 자는데 밖에는 비가 내리고 있었다. 무언가에 홀린 것처럼 밖으로 나갔다. 마치 몽유병 환자처럼 정류장으로 향했고 오는 버스 중 아무거나 탔다. 버스가 다시 그 정류장으로 돌아올 때까지 두 시간가량을 베를린의 눅눅한 새벽 버스에 몸을 싣고 있었다.

당연히 집에서는 난리가 났었다. 비도 오고 날이 밝기 전인데 이 여자가 없어졌으니 말이다. 요즘처럼 전화기를 들고 다니던 때도 아니었으니까. 아침 8시쯤 집으로 돌아가니 남편이 불같이 화를 냈다. 남편은 걱정스러운 마음에 한 말이었음을 알면서도 서러움이 북받칠 수밖에 없었다.

자신이 하고 싶은 일을 못 하고 사는 것이 얼마나 큰 괴로움인지 그때 느꼈다. 그 후 비 오는 베를린의 새벽 버스, 그것이 나에게 숨통 트이는 공간이 되어주었다. 사무치게 외로운 공간이었지만 그 공간에서는 왠지 모르게 위로를 받았다. 남

Rinco's
Restaurant

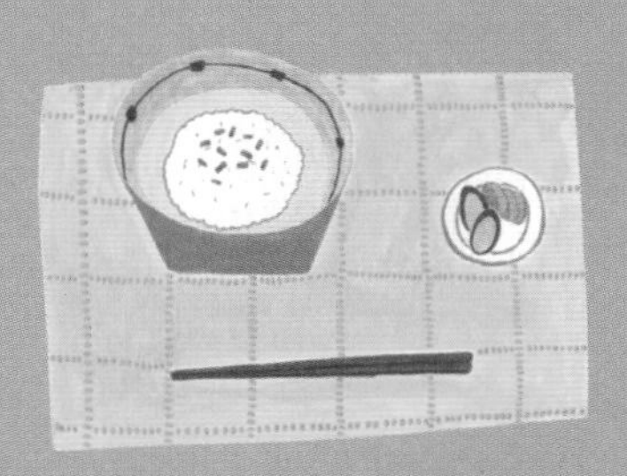

편도 그 날 이후로는 나의 일상처럼 이해해주었다.

요즘도 방송에서 청취자가 독박 육아에 대한 고통을 호소하면 나도 모르게 감정이 이입되어 눈물이 맺히곤 한다. 이럴 때면 그들에게 위로가 되길 바라는 마음에 공감 가득, 따뜻한 문자를 보내준다.

베를린의 비는 우리나라의 비처럼 시원한 느낌이 없다. 항상 부슬부슬 내리면서 음침한 느낌마저 준다. 그래서 당시에 우리나라의 쫙쫙 쏟아지는 시원한 빗소리가 그리웠다. 특히 나무에 부딪혀 후드득 소리를 내며 쏟아지는 여름비가 못 견디게 그리웠다. 비가 내리고 난 뒤에 해가 쨍하게 뜨면서 땅에서 올라오는 비 냄새를 맡고 싶었다. 뻥 뚫린 시원함을 갈망했던 그 시기에 베를린의 비가 내 정서적 갈증을 완전히 채워주진 못했지만, 그래도 스산하게 내리는 그 음침한 비라도 내게 작은 위안은 돼주었다.

어린 시절에는 유난히 비 오는 날을 좋아했다. 친구들은 비 오면 나가서 놀 수 없다고 싫어했지만, 나에게 비 오는 날은 엄마가 과수원에 일을 나가지 않고 집에서 맛있는 걸 만들어주시는 날이었다. 엄마는 주로 간식으로 도넛을 튀겨주시거나 식사로 카레를 만들어주셨다. 빗소리와 도넛 튀기는 소리가 절묘하게 어우러지면서 나를 행복으로 이끌어주었다. 돼지고기를 먼저 볶다가 감자와 양파, 당근을 넣어 볶은 후 오뚜기 카레 가루를 풀어서 엄마표 카레를 만들어주셨다. 우리 자매가 고기를 좋아해서 그런지 유독 고기를 잔뜩 넣어주셨다.

도넛 튀기는 소리와 함께 책을 읽다가 바싹한 도넛을 먹고 좀 쉬다 보면 카레 냄새가 솔솔 나던 비 오는 날. 비가 오는 탓에 일찍 어둑해진 저녁에 가족들과 빗소리를 들으며 카레를 먹던 날들이 가끔은 미치도록 그립다.

비 오는 날의 카레처럼

영화 〈달팽이 식당〉에 카레가 나온다. 카레를 먹은 남자가 접시를 싹싹 비우더니 갑자기 훌쩍거리기 시작한다. 그리운 음식에 대한 감회가 섞인 울음이다. 요즘 내가 그렇다. 카레를 먹고 나면 비 오는 날이 생각나고, 비 오는 날 우리와 함께했던 엄마가 생각나서 가슴이 먹먹해진다. 그 어린 시절

밥 먹는 시간도 잊고 놀던 우리에게 '밥 먹어라!' 하고 부르시던 엄마 생각에 운전을 하다가도 눈물이 주르르 흐르곤 한다. 영화 속에서 주인공 린코가 비 오는 날 노란 우산을 쓰고 헛간을 치우는 장면에서는, 우산을 쓰고 과수원에서 일하던 엄마 생각이 난다.

린코는 엄마에게 받은 상처 때문에 할머니와 지낸다. 린코는 할머니의 음식으로 힐링을 받는다. 할머니가 돌아가신 후 린코는 한 남자와 사랑에 빠져 할머니의 레시피를 기반으로 식당을 차리기 위해 둘이 열심히 돈을 모으며 준비한다. 그러던 어느 날 집에 와 보니 남자가 돈과 가구 등 모든 걸 갖고 도망가버렸다. 사랑을 위장한 사기였다는 것을 깨닫게 된 린코는 충격으로 말을 할 수 없게 되어버린다. 사랑도, 열정도, 목소리도 잃게 된 것이다.

말을 할 수 없는 린코는 그동안 모았던 돈도 다 사기당해 하나뿐인 혈육인 엄마에게 돌아가지만, 엄마는 도무지 린코에게 관심이 없다. 그러던 중 린코는 예전에 자신을 예뻐해 주셨던 동네 분에게 도움을 받아 하루에 한 명의 손님만 받는 '달팽이 식당'을 차린다. 어렵게 차린 식당의 첫 손님은 도움을 주셨던 동네 아저씨다. 그 아저씨는 린코의 카레를 먹고 눈물을 흘리며 자신의 상처를 치유하고, 마법처럼 아저씨에게 좋은 일들이 생긴다.

달팽이 식당은 마법의 식당이라는 소문이 나 다양한 사연을 가진, 위로가 필요하고 치유하고 싶은 손님들이 줄을 잇게 된다. 마침내 엄마의 결혼식에서 그녀만을 위한 요리를 하면서 엄마의 과거와 속내를 알게 된다. 그리고 엄마가 병으로 세상을 떠난 후 미처 몰랐던 사실을 알게 된 린코는 뒤늦게야 엄마의 사랑을 깨닫는다. 엄마가 떠난 다음 날 아침, 자신을 위한 요리를 만들어 먹은 린코는 잃었던 목소리를 되찾고 첫마디를 꺼낸다. “맛있다!”

그때의 린코의 표정은 카레를 먹고 난 후의 내 표정이 아닐까. 애틋한 기억으로 슬프기도 하지만 엄마의 사랑을 오롯이 느낄 수 있기에 외롭지 않다. 엄마는 언제나 내 가슴속에서 사니까.

그리운 누군가가 떠오르고,
그리운 순간들이 생각날 때면,
그리운 무언가를 느낄 수 있는
요리를 해보자.
나만을 위한 요리,
나만을 위한 선물이라는 느낌으로
정성스럽게.
무언가를 떠올리며 그리워하고
힐링을 하게 해주는 음식이 있다는 것,
그 자체만으로도 큰 위로가 되니까.

사람과 사람 사이,
그 의미를

알고 싶은 날

알프스 소녀 하이디

내가 다니는 미용실에 언제나 활짝 웃으며 맞이해주는 신입 직원이 있다. 그런데 어느 날 그녀의 표정에 살짝 그늘이 드리워져 있었다. 무슨 일인지 물어보니 이렇게 말했다.

"아뇨, 별거 아니에요. 친구들이 저 빼고 놀고 있어서 그냥 서운해서 그래요."

그녀가 솔직하게 털어놓은 울적함의 원인은 이러했다. 다섯 명이 어울려 다녀서 '다섯 손가락'이라고 칭하며 친하게 지내는 대학교 때 만난 친구들이 있는데, 워낙 친해서 늘 함께 어울렸는데 요즘은 자기 빼고 네 손가락이 놀고 있다나. 자기가 먼저 미용실에 취업했고, 다른 친구들은 다 취준생인 상황. 어느 날 친구의 SNS를 보니 네 명이 한 친구의 집에서 모여서 떡볶이도 만들어 먹고 서로 네일도 해주며 하루 종일 놀고 있다는 것을 알게 된 것이었다.

"친구들이 제가 워낙 바쁜 걸 알기 때문에 저를 배려해서 얘기 안 한 거겠지만 그래도 물어는 봤어야 하는 거 아닌가요? 적어도 같이 못 놀아서 미안하다는 문자 한 통이라도 있었다면 이렇게 서운하지는 않았을 텐데…. 전 알지도 못하고 있었는데 이렇게 저 빼고 재미있게 논다고 사진 올린 거 보니 괜히 쓸쓸해져요."

그렇다고 삐치면 또 소심하고 못나 보일까 봐 혼자만 서운해하던 그녀였다. 인간관계라는 것이 참 그렇다. 남들 눈에 사소해 보일 수 있지만 당사자에게는 너무 크게 다가오는 문제들이 언제나 생기기 마련이다.

다음에 갔을 때 다시 물어보니 친구들에게 말을 했다고 했다. 친구들은 바쁜데 괜히 신경 쓰이게 할까 봐 이야기를 안했다고 하더란다. 그 후로 다섯이 다 같이 못 만나도 단체 문자 방에 만남을 알리고 있다고 했다. 못 만나는 사람은 사정이 있어서 못 보는 것이니, 만나는 사람들은 사진도 올려주고 못 만난 사람은 그 사진을 보며 반가워하며 만남을 격려해주고 있다고.

그럴 수 있나? 그럴 수 있지

만남이라는 건, 함께 무수히 크고 작은 파도를 만나게 되는 것이다. 기쁨이나 행복만 있다면 좋겠지만, 슬픔, 좌절, 아픔, 배신감 때문에 주체할 수 없을 만큼 치를 떠는 시간이 오기도 한다. 이 모든 게 만남이라는 말 속에 함께 들어 있다. 그래서 만남은 헤어짐으로 이어지기도 한다.

그 미용실 직원처럼 알고 보면 별일 아닌데 괜히 혼자라는 외로움에 소심해질 수도 있다. '나만 빼고 너네들끼리만?' 이런 마음이 들면서 '나한테 어떻게 그럴 수 있나?' 하는 서운함이 분노와 미움으로 바뀌기도 한다. 이럴 때는 '그럴 수 있지.'라고 한 글자만 바꿔서 생각하는 것이다. '그럴 수 있나.'를 '그럴 수 있지.'로 사소하게, 그러나 완벽하게 다르게 받아들인다면 만남은 언제나 축복일 수밖에 없을 것이다.

《알프스 소녀 하이디》는 '하이디'라는 이름만 들어도 미소가 지어질 정도로 내가 애정하는 명작이다. 하이디가 바로 모든 것을 '그럴 수 있지'로 생각하는 긍정 소녀이기 때문이다. 알프스의 작은 마을, 부모님을 잃고 이모와 살고 있던 하이디는 산 위의 오두막에 사는 할아버지에게 맡겨지게 된다. 할아버지는 동네 사람들 전부 무서워하고 피하는 인물이라 어린 하이디 눈에도 굉장히 무서워 보였을 것이다. 새로운 동네에서 사는 것도 겁이 날 텐데 처음 보는 무서운 할아

Heidi
Girl Of The Alps

버지와 단 둘이 살게 됐으니 얼마나 겁이 났을까.

그러나 하이디는 현실을 그냥 있는 그대로, 긍정적으로 받아들이는 해맑은 소녀다. 이불이 없다면 건초를 덮고 자면 된다고 생각한다. 행복의 반대말은 불행이 아니라 불만이라는 것을 타고난 밝음으로 알고 있는 하이디. 명랑하고 순수한 하이디는 굳어 있던 할아버지 마음을 치즈처럼 사르르르 녹아내리게 만든다. 누추한 집에 지내면서도 하이디는 집이 좋다며 콧노래를 부른다.

하이디의 햇살 같은 노랫소리와 순수하고 명랑한 모습을 보며 할아버지의 마음이 봄날의 눈처럼 녹아내리고, 하이디는 할아버지가 주는 우유와 황금빛 라클레테 치즈가 세상에서 가장 맛있다고 한다.

그러던 중 하이디는 할아버지께 인사도 드리지 못한 채 이모에게 끌려 프랑크푸르트로 가게 된다. 병을 앓고 있는 부잣집 딸인 클라라의 놀이 친구로 팔려간 것이다. 하이디는 늘 외로웠던 클라라에게 누구보다 좋은 친구가 되어주지만 알프스의 할아버지를 걱정하고 그리워한다. 하이디는 우여곡절 끝에 할아버지에게 돌아가게 되고 세상에서 가장 맛있는 우유와 황금빛 라클레테 치즈도 다시 맘껏 먹게 된다.

하이디와 할아버지의 만남, 하이디와 클라라의 만남, 모든 만남이 하이디에게는 강제로 주어지는 만남이었다. 하지만 하이디는 새로운 인연을 강요받을 때마다 그 인연에 충실한 소녀였다. 하이디는 슬픔일 것 같은 만남이 반대로 새로운 기쁨이 되기도 한다는 것을 보여준다.

사람과 사람 사이, 만남과 헤어짐을 미리 알 수는 없다. 단, 내가 어떻게 받아들이느냐에 따라 그 관계의 결말이 달라지는 건 확실하다. 다가오는 인연을 거부하지 않고, 새롭게 다가오는 인연을 명랑하게 풀어가는 사랑스러운 하이디를 닮고 싶다.

누군가와의 인연을
부정적으로 생각하는 순간,
그 인연은 나를 피폐하게 만들 것이다.
만남과 관계의 파도 속에서
허우적거리고 있을 때면
하이디를 떠올려본다.

새롭게 다가오는 인연도,
내 곁에 머물러 있던 인연도
하이디처럼 명랑하게 받아들이고 싶다.

갑
자
기

다 떠나버리면
어쩌지?

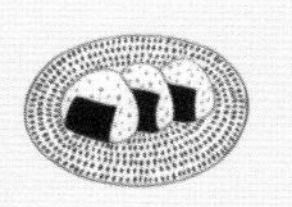

카
모
메
식
당

유난히 달달한 디저트나 빵이 당기는 날이 있다. 어떤 날인가 하면… 매일매일!

아침 방송을 하다 보니 새벽에 눈뜨자마자 커피와 빵을 찾게 된다. 일찍부터 밥을 차려 먹기에는 부담스럽기도 하고, 워낙 빵을 좋아해서 아침마다 빵과 커피가 양손 가득 들고 출근한다. 후배들에게, 동료들에게 빵을 나눠주고 함께 먹는 시간이 그렇게나 행복하다. 빵 좋아하는 작가라고 같이 일하는 디제이가 '빵작가'라는 별명도 붙여주었다. 빵을 얼마나 좋아하냐 하면 통장도 빵 원이다. (사실 확인은 금지!)

평소엔 빵이 일상의 자연스러운 한 부분 같아서 특별해 보이지 않다가도, 결정적인 순간에 존재감을 뿜뿜 드러낼 때가 있다. 얼마 전 내가 일로 골머리를 앓고 있는데 드라마 쓰는 동생도 골치 아프다며 끙끙대는 소리를 해왔다. 작업은 해야 하지만, 도저히 이 상태로는 진행을 할 수 없을 것 같았다. 엉덩이를 붙이고 있어야 하는 상황인 건 알지만 동생에게 외쳤다.

"컴퓨터 끄고 나와. 빵 먹으러 가자!"

그렇게 무작정 동생을 맛있는 빵집으로 데리고 갔다. 여러 종류의 빵이 가득한 베이커리에서 묵직한 크림빵을 하나씩 집어들었다. 그리고 따뜻한 우유 두 잔도 주문했다. 우리는 초를 다투는 작업을 뒤로하고 크림이 가득한 빵과 따뜻한 우유를 마셨다. 몸이 스르르 녹는 것을 느꼈다. 바짝 긴장했던 근육은 풀어지고 의욕은 다시 팽팽하게 당겨지는 기분이었다. 빵이 주는 힐링, 빵에서 얻는 엔돌핀은 상상 그 이상이다.

영화 〈오리엔트 특급 살인〉에서 명탐정 포와르가 이스탄불 빵집에서 이런 대사를 한다.

> 이 빵에서 이 도시의 영혼을 느낄 수 있구나.
> 세상 곳곳에서 파괴가 이루어지는데,
> 이곳에서는 놀라운 창조가 매일 이루어지는구나!

빵집은 그런 곳이다. 놀라운 창조가 이루어지는 곳! 놀라운 창조물이 내 일상을 밝혀주는 곳. 동생과 함께 간 빵집에서 샹송 '샹젤리제'가 흘러나오는데 내 귀에는 '빵젤리제'처럼 들렸다.

내 애정 영화 100위 안에 드는 〈카모메 식당〉에서도 빵이

Kamome
Diner

Alvar Aalto
Urbänlike
JOY
MATISSE IN THE STUDIO

중요한 매개체로 나온다. 사치에가 핀란드에 개업한 카모메 식당은 개업 한 달이 지나도록 사람이 한 명도 오지 않아 늘 텅텅 비어있다. 언젠간 사람들이 올 거라고 믿고 늘 신선한 재료를 사고 구석구석 열심히 닦지만 식당에는 파리마저 날아들지 않는다.

어느 날 한 핀란드 청년이 방문했지만 커피 한 잔만 하고 갈 뿐이었다. 그래도 사람들을 끌어들이기 위한 노력은 계속되었다. 주먹밥이 주 메뉴인 식당이지만 사치에는 핀란드 사람들이 좋아할 법한 시나몬롤을 만든다. 그 향에 이끌린 핀란드 할머니들이 방문하기 시작한다.

평상심의 마왕인 그녀

개봉 당시 이 영화에 흠뻑 빠진 나는 당시 영화가 상영되었던 스폰지하우스 극장의 온라인 카페에서 만난 사람들을 집에 초대했다. 카모메 식당처럼 집을 꾸며 사람들에게 영화 속에 나온 음식들을 만들어 대접했을 정도였다.

당시 나는 유독 일 때문에 어려움을 겪고 있었다. 일과 일상이 분리되지 않았고, 머릿속에 24시간 일 걱정을 달고 다녔다. 오늘 방송이 시작되기도 전에 내일 방송이 걱정되었고, 방송 중간중간 넣을 멘트에 대한 생각이 머릿속에 꽉 들어차 있었다. 뭔가가 나에게 필요한 시점이었다.

그래서 생각해낸 것이 그날그날 쌓인 것을 털어내는 일이었다. 일단 방송이 끝나면 바로 집으로 달려가서 습관처럼 꼭 하는 일이 있었다. 암막 커튼을 두르고 한밤중처럼 깜깜한 방에 앉아서 무릎에 고개를 파묻고 잠시 숨을 돌리며 그날의 내 자신과 이별했다. 실수를 했을지라도 이미 저지른 일은 떠나보내는 게 필요했다. 설령 칭찬을 들은 날이었다고 해도 그에 대한 자만을 갖지 않도록 그날의 과거를 지웠다. 내일을 준비해야 하는 시간을 갖기 위한 일종의 의식이었다.

영화 〈카모메 식당〉에서 사치에가 손님이 없다고 걱정만 하고, 함께 있는 사람들이 떠날까 봐 불안해하기만 했다면 결국 그 식당은 망하고 말았을 것이다. 사치에는 언젠가를 위해 늘 신선한 재료를 준비했고, 주먹밥이 메인인 식당이지만 다양한 요리를 시도하며, 밖에서 구경만 하는 사람들에게 늘 미소로 화답했다. 그리고 매일 아침 수영을 하고 밤마다 기 운동을 하며 불안 대신 현실을 향유하며 다가올 내일을 믿었다.

Bonne
Maman

평상심을 잃지 않은 사치에에게 그야말로 크게 한 수 배운 느낌이었다. 바쁜 꿀벌은 걱정하거나 슬퍼할 겨를이 없다는 것을 깨달은 순간이었다.

식당이 잘되자 사치에는 같이 운영하던 두 사람이 떠나면 어떡하지 하는 마음에 잠시 불안해하지만, 그 걱정마저 놓아버린다. 모든 건 그대로 머물지 않는다는, 변하고 흐른다는 인생의 이치를 되짚은 것이다. 사치에를 보며 생각했다. '그래, 어떤 일이 벌어져도 그렇게 생각하자. 이것이 인생이라고.'

그렇다면 여기서 질문!

빵이나 케이크를 만들 때 밀가루를 체에 거르는 이유는? 체하지 않기 위해? 그건 아니고.

빵은 사실 공기와의 싸움이다. 공기를 얼마나 집어넣으면서 만드느냐가 중요하다. 체로 거르는 과정을 통해 불순물이 날아가고 공기층이 형성되어 더 부드러운 빵이 만들어지는 것처럼, 우리도 자기만의 체로 감정을 거르면서 부드러움을 만들어가보자.

오늘 먹은 빵은 잊고
내일 먹을 빵을 기대하자.
내일 걱정을
미리 당겨서 하지 말자.
내일 할 일을
오늘 당겨서 하지도 말자.

오늘 이미 지나가버린
내 감정에 붙들려 있지 말자.
흘러갈 것은 흘려보내야
더 좋은 일들이 다가온다.

남들이 쏜
비난의 화살들이
뼈아프게

다
가
올
때

소공녀

타인에게 욕을 먹어본 적이 있는가. 그것도 이유 없이. 그 사람의 수준이 그 정도려니 생각하고 넘기면 되지만, 욕보다 더 아픈 것이 있다. 타인의 판단, 분석, 평가가 바로 그것이다. 자신들의 기준으로 남을 평가하는 것이 상대를 비참하게 만들 때가 있다.

어떤 사람이 어릴 적 생활기록부에 적힌 선생님의 코멘트를 봤는데, 1학년 때 담임 선생님은 '조심성이 없다.'로 적었고, 2학년 때 담임 선생님은 '모험심이 많다.'로 적었더란다. 평가받는 사람은 그대로인데 단지 평가하는 사람의 시선의 차이로 사뭇 다른 판단이 나온 것이다. 나의 어떤 점이 어떤 시선으로 봤을 때는 단점이 되기도 하고, 또 어떤 시선으로 보면 무한한 가능성이나 장점으로 보일 수도 있다.

단점은 알고 보면 장점일 때가 많다. 충동적이라고 하는 것도 다르게 보면 대범한 것으로 볼 수도 있다. 세세한 것에 얽매이지 않고 목표만을 향할 수 있으니 말이다. 소심한 면을 갖고 있다고 해서 위축될 필요도 없다. 그건 신중하고 섬세하다는 뜻이기도 하니까.

고집스러워서 혼났다고? 아니지. 그 고집 덕에 결과를 이루어내는 것이다. 마음만 먹으면 어떤 시련이 닥쳐도 올곧게 진행하기 때문이다. 그 고집 덕에 무언가를 이루어내는 사람들, 많이 봤다.

산만하다는 말을 많이 들었다고? 산만한 것이 산(山)만 한 결과를 가져오기도 한다. 내가 아는 어떤 친구는 어려서부터 지금까지 산만해 문제가 있다는 지적을 늘 받아왔다. 근데 그 산만의 아이콘이 산만 한 결과를 가져오는 놀라운 일을 보여주었다. 그 친구는 비록 대학을 원하는 곳으로 가지 못했지만 방송의 다양한 분야에서 전천후 재능을 보여 여기저기서 찾는 인재가 되더니, 어느 순간 경영 쪽으로 스카웃되어 사업을 잘 해나가고 있다.

학교나 직장에 다니면서 누군가가 내 자신을 부정적으로 판단한다는 생각으로 괴로워하지 않았으면 좋겠다. 고집스러운 것도, 산만한 것도 즐기면 된다. 자신을 믿으면 된다. 하고 싶은 일이 많고 관심 분야가 넓어서 그런 거라고 스스로를 격려하자. 나도 즉흥적이고 충동적인 면이 있는데, 다르게 생각해보면 그렇기 때문에 잘 버티고 있다고 생각한다.

미국의 여성 작가 프랜시스 버넷의 책《소공녀》에 나오

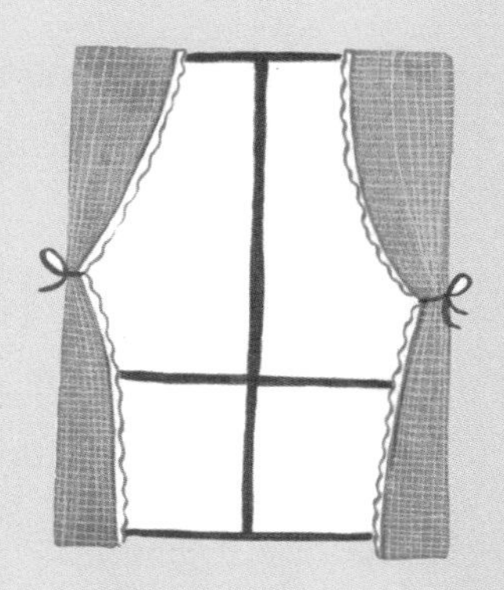

A Little Princess

는 새라도 지은 죄 없이, 밉보일 짓 한 거 하나 없이 구박을 받으며 자란 소녀다. 새라는 넉넉한 집안의 귀한 외동딸이었지만 사업이 기울면서 집이 망해 가난한 소녀가 된다. 갈 곳 없어 맡겨진 기숙사에서 만난 교장 민친은 입만 열면 새라를 구박하며 깎아내리기 바빴고 학대까지 했다. 하지만 새라는 이에 굴하지 않고 새라 특유의 미소와 상상력으로 견뎌낸다.

새라를 보면서 알게 되었다. 욕이란, 욕을 먹는 사람이 먹을 만하지 않고, 그 욕에 굴하지 않는다면 욕을 한 주체에게 다시 되돌아간다는 것을. 새라는 어려움 없이 행복할 때도 주변 사람들을 늘 자기와 동등하게 대우해줬다. 하녀에게도, 아이들에게 놀림을 받는 친구에게도 따뜻하게 다가갔다. 이런 새라가 어려운 형편이 되자 그녀에게 도움을 받았던 사람들이 새라의 곁에서 힘이 되어준다. 새라를 도와준다는 이유만으로 민친 교장에게 구박의 대상이 되지만 그들은 그조차도 즐겁다. 왜냐고? 민친 교장에게까지 사랑받고 싶지는 않기 때문이다. 굳이 나를 미워하는 사람에게까지 사랑받지 않아도 된다. 누구도 나에게 상처 줄 권리는 없으니까. 쓸데없는 비난은 무시하면 그만이다. 나를 인정해주고, 있는 그대로의 나를 사랑해주는 몇 사람만으로도 충분히 행복할 수 있을 테니까.

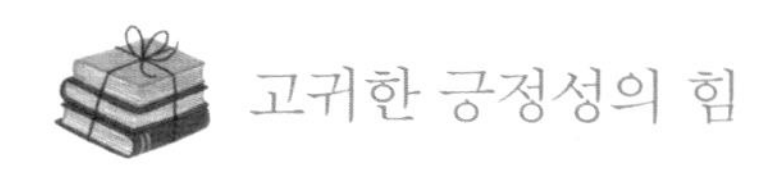

고귀한 긍정성의 힘

아버지가 갑자기 돌아가시고 난 뒤 모든 것을 잃고 교장에게 구박받았을 때 오히려 새라의 고귀함은 빛을 발했다. 새라는 상상을 통해서 고난을 극복해낸다. 벽난로가 타고 있고 수프가 끓고 있고 머핀과 아름다운 양탄자가 있는 상상을 마법처럼 이끌어낸다. 세면대에서 가져온 머그잔 하나로도 세상에서 가장 향기로운 차 한 잔을 마시는 상상을 하는 마법. 그것이 바로 새라의 긍정성의 힘이었다. 꼭 궁궐에 있어야만 공주가 되는 것은 아니다. 내 마음과 내 행동에 고귀함이 있을 때, 그리고 그것이 힘을 발휘할 수 있을 때 스스로 내 인생의 당당한 공주가 될 수 있다.

내가 가난한 유학생의 짝으로 베를린의 크산테너 스트라세 5번지에 있는 문간방에 살았을 때, 주위의 부유한 집이 어떻게 사는지 구경할 수 있었다. 재활용 쓰레기를 버리러 갈 때 보이는 부유한 집의 인테리어들이 내 동공을 황홀하게 만들었다. 초라한 처지로 앞으로 어떻게 될지 모르는 미래로 막막하던 그때, 베를린 거리의 음습하던 나무들과 흐린 겨울 풍경과 까악까악 울어대던 까마귀들과 거리를 수놓던 선명한 원색의 자동차들을 보며 나는 나 스스로에 대한 고귀한 마음으로 버텨냈다. 차 한 잔을 마셔도 나만을 위한 한 뼘짜리 예쁜 매트를 깔고 천천히 여왕처럼 차를 마셨다.

어느 날은, 베를린 생활에서 억울하게 누명을 쓸 뻔한 적이 있었다. 이웃집에 사는 사람이 우리 집 밖에 자재 폐기물들이 방치돼 있다고, 내가 몰래 버린 게 아니냐고 따졌다. 당당하게 난 버리지 않았다고 했다. 독일어로 설명이 부족하자 한국말로 똑바로 내가 우리 집에서 버린 것이 아니라고 천천히, 최대한 흔들리지 않고 차분한 톤으로 말했다. 다음 날, 다행히 폐기물을 버린 사람이 나타나 누명을 쓸 일은 없었지만, 그 후로 이웃들이 나를 보는 시선이 달라져 있었다.

모든 사람은 고귀하다. 누구나 다 같은 인간이다. 누구든 자신이 못나 보일 때가 있고, 누구든 자신이 시궁창에 빠졌다는 기분이 들 때도 있다. 새라의 앞날이 아버지의 죽음과 추락, 그리고 아버지에게 은혜를 입은 사람에 의해서 다시 공주가 되는, 극과 극으로 치달았던 것처럼 인생은 알 수 없는 일이다. 새라의 한결같은 고귀함, 그것이 바로 소공녀가 주는 의미 있는 가치였다.

하녀 베키가 늦잠 자고 실수까지 하여 겁먹은 베키가 마님에게 이르지 말아달라고 부탁했을 때 새라가 베키에게 한 말이 있다.

우리는 똑같아.
나도 너처럼 어린 소녀일 뿐이야.
어쩌다 일어난 사고처럼,
나는 네가 되지 않고
너는 내가 되지 않은 것뿐이지.

너무 예쁘고 공감되는 말이다. 어느 누구도 타인에게 돌 던질 자격이 없고, 어느 누구도 타인으로부터 돌 맞을 이유 같은 건 없다. 우리는 모두 똑같기에.

타인이
다른 환경에서 자랐다고,
다른 종교를 가졌다고,
취향이 다르다고,
정치적 성향이 같지 않다고,
나보다 못하다고 비난하지 말자.
남을 깎아내리는 순간
내 자신도 소모되어버린다.

누군가에게 쏜 화살이
나에게 폭탄이 되어 돌아온다는,
인생의 이치를 믿는다.
누군가에게 화살 대신
행운을 쏘아보면 어떨까.
상대에게 던지는 관심이나 행운이
나에게 수백 배로 되돌아올 테니까.

사는 거
참 힘든데

사랑은 더 힘들어

벼랑 위의 포뇨

연애는 생물이라 늘 열린 결말이다. 썸을 탈 때나 연애 초기에는 하늘로 날아갈 거 같다가도 어느 순간 반드시 위기가 온다. 영원히 예쁘게 사랑하면 안 될까 싶지만 애가 타고 속이 타는 일이 꼭 생기기 마련이다. 속 타는 일 없이 행복하게 결혼하는 커플도 결혼 후 어느 날 사랑이라는 이름으로 엮인 관계가 다른 이름으로 전환되고 있음을 통절히 느낄 수 있다. 사랑하면 할수록 기대하는 바가 커지고 실망하는 일이 많아진다.

연인과의 간극을 좁히기 어려워 속앓이하는 커플에게 우스갯소리로 영국의 106세 할머니의 이야기를 들려준다. 할머니는 장수 비결이 '미혼 생활' 덕분이라고 밝혔다. 덧붙여 남자 친구를 한 번도 만난 적 없는 '모태 솔로'라고 했다. 남자와 사귀면서 받는 스트레스를 피했기 때문에 장수할 수 있었다고 비결을 공개했다.

하지만 수명을 신경 쓰지 않는다면, 아무 일 없이 잔잔한 인생보다는 격정적인 어떤 순간이 있는 인생이 더 재미있지 않을까. 전체관람가보다는 적어도 15세 이상 관람가 정도 되는 인생이 재미있지 않을까 싶다.

우리는 누군가와 사랑하고 서로 맞춰가면서 자신이 극복할 수 있는 것과 극복할 수 없는 것을 깨닫고 조금 더 나은 사람이 될 수 있기 위해 노력한다. 누군가와 연애를 한다는 것은 내 자신을 깨우쳐가는 과정이다. 서로 맞춰가는 과정을 통해 스스로가 발전하고 사랑하고 사랑받으며 연애는 승화에 승화를 거듭한다.

사랑은 포뇨와 소스케처럼

애니메이션 〈벼랑 위의 포뇨〉는 다섯 살 소년 소스케와 바다의 인어 소녀인 포뇨가 사랑에 빠지는 이야기다. 소년과 소녀의 사랑이 얼마나 예쁘고 숭고한지 격정멜로가 따로 없다는 느낌이 들 정도다.

포뇨는 누구라도 그 귀여움에 퐁당 빠질 수밖에 없는 꼬마 물고기 소녀다. 바다에서의 생활이 지겨워진 포뇨는 바깥세상이 궁금해 탈출을 감행하다가 만나게 된 다섯 살 소년 소스케와 사랑에 빠진다. 포뇨는 물고기였다가 얼굴만 사람인 인면어였다가, 나중엔 소스케와의 행복을 위해 결국 인간이 되는 것을 선택한다.

포뇨가 소스케의 곁에 남기까지 숱한 고비를 넘겨야 했다. 포뇨 아빠의 반대로 물에 다시 돌아가 포뇨와 소스케가 잠깐의 이별을 겪게 되었을 때, 소스케 엄마 리사는 우는 아들을 위로하며 이렇게 말한다.

운명이라는 게 있는 거야.
괴로워도 운명은 바꿀 수 없어.
포뇨는 바다에서 살도록 태어난 거니까,
바다로 돌아갔구나 생각해야 해.

그래도 결국 그들 앞에 놓인 결말은 해피엔딩이었다. 포뇨의 정해진 운명까지 바꾸며 사랑을 이룰 수 있었던 건 소스케의 한결같은 마음이 절대적인 역할을 한 덕분이다. 바닷속 포뇨 엄마는 인간이 되고 싶은 포뇨를 위해 소스케에게 이런 질문을 한다. 일종의 면접인 셈이다.

"포뇨가 사람이 되기 위해선 포뇨의 본 모습을 제대로 알고 괜찮다고 말할 수 있는 소년이 필요합니다. 당신은 포뇨가 물고기였다는 것을 알고 있습니까? 포뇨의 정체가 인어라

Ponyo on the Cliff

해도 괜찮습니까?"

그러자 소스케는 당연하다는 듯이 대답한다.

"나는 인어 포뇨도, 인간 포뇨도 전부 다, 다 좋아해요."

물고기여도 인어여도 사람이어도 포뇨가 좋다고 말하는 소스케. 이들을 보면 사랑에는 국경이 없고 나이는 단지 숫자에 불과하다는 말에 고개가 절로 끄덕여진다. 바다와 육지의 경계도 없는 듯하다. 세상에서 가장 스스로가 소중할 나이일 것만 같은 다섯 살이라는 나이에 본인보다 더 아끼는 존재가 있고, 곁에 있기 위해 모든 것을 내려놓을 수 있다니…. 여태껏 내가 알던 사랑의 정의가 너무 좁은 범위 내에서 이루어졌다는 것을 알 수 있었다.

포뇨가 완벽한 인간의 모습으로 소스케에게 왔을 때 그녀는 인간의 음식과 함께 행복했다. 인간과 인간의 음식을 그리워했을 포뇨의 헛헛한 속을 채워줄 햄라면, 태풍과 해일을 뚫고 온 소스케의 엄마가 꿀을 넣고 타주신 따끈한 우유! 포뇨와 소스케가 젖은 몸을 말리며 스푼에 묻은 꿀을 빨아 먹을 때, 따뜻한 우유를 홀짝홀짝할 때, 컵 위로 모락모락 피어오르는 김을 보는 것만으로도 마음이 따뜻해졌다.

겨울에 포뇨를 보고 영화관에서 나오자마자 집으로 돌아와, 우유를 전자레인지에 돌려 따끈하게 만든 후 꿀을 한 스푼 넣어 휘휘 저었다. 영화처럼 김이 모락모락 나는 꿀우유를 한 입 홀짝 마셨다. 속이 쓰릴 때나 몸이 으슬으슬할 때 마시던 꿀물과는 확연히 다른 느낌이었다. 다른 걸로 대체할 수 없는, 따뜻한 우유만이 채워줄 수 있는 매력이 있었다. 포뇨를 봐서 그런지 쓸쓸한 마음마저 따뜻하게 채워지는 것 같았다.

꼬마 소년 소스케가 포뇨를 인어에서 사람으로 다시 태어나게 하는 사랑을 보면, 우리 삶에 있어 사랑이 미치는 영향이 얼마나 큰지 생각하게 된다. 사랑세포가 무뎌지지 않도록 무던히 노력하고 싶다. 사랑은 미나리 싹 같아서 잘라도 잘라도 계속해서 돋아난다. 그러니 언제든 싹이 돋아날 수 있도록 마음의 벽만 치지 않으면 될 것이다. 혹시나 사랑세포가 시들어간다고 생각되는 날엔 꿀우유 한잔 마셔보는 것은 어떨까.

물기 어린 감성으로
세상을 본다면,
세상은 노래로 화답해줄 것이다.

사랑이 어렵다 해도
그 어려움이 이뤄지기에
더 빛나는 것이다.
지구 별이 아름다운 이유는
사랑하는 사람이 있는 곳이기 때문이다.

권태가

하늘을
찌르는 날

안경

어느 날 갑자기, 정말 문득, 같이 잘 지내던 친구나 회사 사람들이 보기 싫어지는 날이 있다. 하나하나 꼬투리 잡는 선배도 싫고, 다리 떨며 일하는 동료도 보기 싫다. 매일 먹는 구내식당의 밥도 너무 지겹고, 회사로 향하는 지하철 타는 것도 끔찍하다.

스스로에게 '너가 복에 겨워서 그래.'라며 마음을 다잡으려고 해보지만, 권태의 늪에 빠져서 허우적거릴수록 더 깊이 빠져드는 느낌이 든다. 지금도 이러한데, 앞으로 인생의 망망대해를 어떻게 헤쳐가야 하지? 하는 생각까지 든다. 인생을 살아가는 동력이 되는 설렘 종자가 싹 휘발되어버린 느낌이랄까.

어느 날 문득 찾아온 권태는, 사실은 타인의 시선에 갇혀 살아온 나의 지난날에 대한 벌이 아닐까 싶다. 또한 권태는 인생의 새로운 길을 찾으라는 신호이기도 하다. 타인의 시선에 맞춰 살아가며 잃어버린 나의 시간을 되찾기 위해 어떻게 해야 할까.

Glasses

자명종이 아닌 햇살이 깨워줄 때까지

내 스스로의 시간에 오롯이 집중하기 위해 어디론가 훌쩍 떠나고 싶을 때! 나에게 스트레스를 주는 사람들과 같은 하늘 아래에서 숨을 쉬는 것조차 견디기 힘들어 지구 밖으로 날아가버리고 싶을 때! 그럴 때 나는 영화 〈안경〉을 본다.

느슨해진 인생이라는 시계의 태엽을 감으러 낯선 섬에 도착한 타에코. 꾸벅꾸벅 졸고 있는 봄 바다가 있는 곳, 휴대전화도 터지지 않는 그곳에서는 사람들이 말을 별로 하지 않는다. 동네 사람들은 휴양 온 사람들에게 무슨 일을 하고 어디에서 왔는지 묻지 않는다. 고요한 마을 바닷가에서 뜨개질을 하며 조용히 시간을 보내던 타에코는 지쳤던 마음이 서서히 살아나는 것을 느낀다.

〈안경〉 속의 바다는 여름 바다가 아닌, 봄 바다이다. 봄에 바다를 찾는 사람들은 대부분 사색을 원하는 사람들이다. 봄 바다는 그 어떤 장식 없이 그저 자기 모습 그대로 사람들을 맞이한다. 봄 바다의 지루함마저 적응하고 받아들이며 멍한 상태를 즐기고 있자면, 나를 괴롭히던 세속의 잣대 따위는 이미 사라져버린 지 오래다.

나른한 영화 속 아침 식사는, 꾸벅꾸벅 졸다가 방긋하고 웃어주는 낯선 햇살과 샐러드와 연근조림과 매실장아찌가 전부다. 사람들은 별다른 얘기 없이 조용히 음식을 준비하고 상을 차리고 함께 먹는다. 아침에 뜯은 채소로 만든 샐러드는 싱그럽고, 매실장아찌와 친구는 오래될수록 좋다는 이야기를 나누는 식탁은 싱겁게 느껴진다. 영화 속 샐러드가 유난히 맛있어 보이는 것은 그 집에 쏟아지는 투명한 햇살과 밝은 치유력 덕분 아닐까.

그곳으로 휴가 온 타에코의 힐링법은 잠자기부터 시작한다. 자명종 없이 햇살이 깨워줄 때까지 푹 자는 것이다. 숙면으로 몸의 안정을 찾았다면 멍 때리는 시간을 통해 정신의 안정을 찾는다. 여행 가서 '여기까지 왔는데….' 하는 생각으로 욕심을 내다가 더 피곤해져서 돌아오는 경우가 많다. 여행지에서 아무 생각 하지 말고 무념무상의 상태가 돼보는 것이다. 초점 잃은 눈을 하고 있는 상태인 멍 때리는 시간은, 끊임없이 뇌에 자극이 밀려드는 요즘 같은 시대에 꼭 필요한 시간이다.

가본 곳이 많다고 세상을 잘 아는 건 아니다. 맛집을 정복했다고 진정한 여행인 것은 아니다. 타에코처럼 '아무것도 안 하기', '바다를 바라보며 저녁 먹기' 이런 것이 필요할 때도 있다.

형편이 되지 않을 땐 일상에서 작은 여행을 시도해보는 것도 방법이다. 가족 또는 친구들과 숲이나 공원에 가보는 것이다. 날이 너무 덥거나 춥다면 소풍처럼 도서관에 가서 책을 읽다오는 것도 좋겠다. 목적 없이 하는 일들이 스스로에게 큰 충전이자 선물이 되어준다.

영화 〈안경〉에서 타에코를 찾아서 섬으로 온 제자가 바다에서 읊던 시가 있다. 그 시의 작가는 영화의 감독인 오기가미 나오코다. 원래 일본어로 썼다는데, 영화에서는 독일어로 읊었다. 계속 쌓여가는 현실의 짐을 더 이상 버티지 못할 때, 그 짐을 내려놓을 줄 아는 자만이 부드러워질 수 있는 힘과 유연함을 얻을 수 있다며, 그게 바로 자유를 얻을 수 있는 길이라는 내용의 시다.

영화 속에서 맛있는 팥빙수를 만들려면 기다림이 필요하다는 대사를 되새기며, 함께 이 시의 의미를 음미하는 시간을 즐겨보면 어떨까.

권태의 늪에 빠져 있을 때
일단은 나에게 큰 쉼표를 제공하자.
아무것도 할 수 없을 때엔
삶의 무게를 무조건 덜어주자.
너무 급히 몸을 움직이면 영혼이 못 쫓아가니까.
재테크보다 더 중요한 게 감성테크니까.

감성이 고갈됨을 느낄 때
일단, 속도를 늦추어보자.
급하게 가는 사람의 템포에 맞추지 말고
나는 나대로 내 영혼과 보조를 맞추자.

벽 보고

얘기하는 기분이
드는 순간

빨강머리 앤

나에겐 자랑하고 싶은, 예쁘고 설레는 친구들이 있다. 이 친구들은 빨강머리 앤처럼 언제나 기분 좋은 상상을 한다. 좋은 게 생기면 나누고 싶어 하고 먹을 것, 마실 것의 레시피를 언제나 공유한다. 이 친구들은 내가 가장 듣기 싫어하는 두 가지, 부동산과 육아 토크를 잘 하지 않는다. 부동산은 내가 잘 모르니 관심이 없고, 육아는 하고 나면 마음에 걸리니 하지 않는다. 그 시간에 영화 얘기, 책 얘기, 여행 얘기, 먹거리 얘기, 그리고 그동안 겪은 일상들을 나눈다. 그러다 보니 아무리 바빠도 기를 쓰고 이 친구들을 만나러 가게 된다.

그날은 어쩌다 건너서 알게 된 사람과 차 한잔을 하게 된 날이었다. 그분과 단둘이 함께하는 시간은 처음이었다. 늘 부러움의 대상이었던 사람이었다. 실제 나이보다 10살 이상 어려 보일뿐더러 패션 센스도 좋은 그녀는 50대가 아닌 30대로 보였다.

그런데 이런 얘기 저런 얘기 하다 보니 그녀가 부동산 얘기를 꺼내는 것이 아닌가. 들을수록 우울하게 만드는 얘기들이었다. 얘기를 듣다 보니 바보가 된 것만 같았다. 세상 돌아가는 이치를 잘 모르는 루저처럼 느껴졌다. 실제로 그녀는

Of Green Gables

이런 나의 무지함을 이해하지 못하겠다는 듯 이야기했다. 당장이라도 부동산을 알아보러 나서야 할 것처럼 만드는 그녀의 입담, 대단했다. 이어서 공부 잘하는 자녀들의 이야기와 활동상을 중계하시더니 마지막으로, 내가 처음 만난 사람끼리는 정말 기피하는 소재인 정치 이야기까지 폭풍 수다를 이어갔다. 일방적인 얘기들이 와르르 쏟아지는데 귀를 막고 싶었다. 겉만 젊어 보일 뿐, 내면은 전혀 젊게 느껴지지 않았다.

비슷한 경험이 또 있다. 얼마 전에 우연히 둘이 처음 밥을 먹게 된 사람이 있었다. 워낙 똑똑하고 일 잘하는 사람으로 유명해 만나기 전부터 설레기도 하고 궁금하기도 했다. 그런데 이 친구, 그날 입으로 죽인 사람이 족히 20명은 넘었다. 입으로 다른 사람을 죽이는 소리가 '탕탕' 총소리처럼 들렸다. 대화를 마치고 피곤함을 느끼며 주차장으로 향하는데, 주차비가 많이 나왔다며 금방 나왔어야 했는데 아깝다며 투덜대기까지 했다. 그 모습을 보며 내 스스로가 주차비 쓰는 것조차 아까운 사람처럼 느껴져 민망했다.

만났다 하면 옛날 얘기만 하는 사람도 있다. 오로지 옛날 얘기를 반복하고 반복하고 또 반복한다. 결론은 예전에 자기가 얼마나 잘나갔는지, 그래서 자기는 지금 여기에 있을 사람이 아니라는 이야기. 맨날 여기 아파 저기 아파 주변 사람들 걱정은 다 시키면서 할 건 다 하고, 맨날 지각하면서 풀메이크업 하고 나타나고, 돈 자랑은 실컷 하면서 커피 한잔 안 사는 사람들도 있다. 입만 열면 가시와 면도날을 쏟아낼 것처럼 남을 상처주는 말만 하는 사람, 앞에 있어도 상대가 듣기 싫은 말을 꼭 농담처럼 하는 사람들도 있다.

모임에 가서는 다른 사람 이야기도 들어야 하는데 처음부터 끝까지 자기 이야기만 하다가 일어나는 사람, 다른 사람이 말 좀 하려 하면 멈출 줄도 알아야 하는데 못 참고 또 말꼬리를 잡아 자기 얘기만 하는 사람, 만나자마자 휴대폰에만 집중하는 사람 등, 예전엔 웬만하면 불편한 만남을 감수하면서라도 연을 이어갔지만 이젠 무슨 핑계를 대서라도 불편한 자리는 나가지 않게 된다. 그게 나를 지키는 방법이라는 것을 깨달았다.

사랑받는 사람들의 공통점

창의적이고 재미있는 사람을 만나고 싶다. 말도 잘 통하고 긍정적이면서 나에게 좋은 기운을 주는 사람. 빨강머리 앤 같은 사람 말이다. 앤은 본인의 환경에 매여 살아도 자유로운 영혼을 가진 아이다. 앤이 하는 이야기가 주변 사람들을 즐겁게 하는 이유는 자기 자랑을 하지 않고, 겸손하면서도 솔직하며, 위선이 없기 때문이다. 가끔 오그라들 때도 있지만 언제나 상대방을 칭찬한다. 상쾌한 '사이다' 같은 발언도 서슴지 않는다. '상큼 언어' 제조기랄까. 아침을 늘 향유하는 나는 특히, 앤이 낯선 동네로 들어설 때 매슈 아저씨 차에서 차창 밖을 보며 감탄하는 말이 인상적이었다.

매슈 아저씨, 아름다운 아침이죠?
하느님이 보고 즐기려고 만들어놓은 세상 같아요.

이런 아침엔
세상을 무작정 사랑할 수 있을 것 같지 않나요.
시냇물이 웃는 소리가
제 귀에 들리는 것 같아요

나무가 자면서 중얼거리는 말을 들어보세요.
멋진 꿈을 꾸고 있는 거예요.

저는 어른이 되면 아이들에게도 어른한테 말하듯이 대해 줄 거예요.
함부로 대하면 얼마나 상처가 되는지 그 슬픈 경험들을 제가 경험했기 때문이에요.

앤이 하는 한마디 한마디에 음률이 실려 있다. 감탄할 줄 알고 감동할 줄 알고 감사할 줄 아는 앤! 게다가 솔직하고 위선이 없는 앤! 그런 앤의 말과 행동은 사람들의 굳었던 마음을 움직이게 한다. 감정에 솔직하지 못해 오해가 쌓이고 그로 인해 관계가 틀어지고 상처를 주는 일이 인간관계에서 얼마나 많은가. 그런데 앤은 실수를 해도 자연스럽고 사랑스럽다.

친구를 집에 초대해서 놀아도 된다는 허락을 받았을 때 앤은 뛸 듯이 기뻤지만, 흥분하다 보니 실수를 하고 만다. 친구에게 가장 맛있는 산딸기 음료인 라즈베리 코디얼을 준다는 게 그만 3년 숙성된 포도주를 줘서 친구가 취하는 사태가

HEINZ
TOMATO
OLIVE
JOYFUL
RECIPE BOOK
Bonne Maman

벌어진다. 그 일로 앤은 친구에게 술 마시게 하는 아이라는 오해를 사지만, 펑펑 울면서 그냥 자신의 실수 그 자체를 받아들이며 아파하고 속상해한다. 오해를 받았을지언정 그 오해를 만든 자신의 실수를 억울해하지 않는다. 앤을 통해서 깨달을 수 있었다. 솔직함과 명랑함의 위대함이란!

마릴라 아줌마가 그토록 기다려왔던 소풍을 못 가게 했을 때는 앤에게 인생 최악의 비참한 상황이었다. 삶은 돼지고기와 채소로 차린 점심을 먹으라는 마릴라 아주머니를 향해 앤은 울면서 외친다.

점심 먹고 싶지 않아요. 아무것도 먹을 수가 없어요.
저는 가슴이 너무 아파요.
마릴라 아줌마도 언젠가는 양심의 가책을 느끼실 거예요.
제 마음을 이렇게 아프게 했으니 말이에요.
때가 되면 용서해드리죠.
하지만 제발 저한테 뭘 먹으라고는 하지 마세요.
더구나 삶은 돼지고기와 채소는 말예요.
고통에 빠져 있는 사람에게 돼지고기와 채소는
너무나도 낭만적이지 않아요.

귀엽고 사랑스러운 앤을 보면 미소가 절로 지어진다. 사랑받는 사람들에게는 공통점이 있다.

- 자신의 감정에 솔직하다.
- 말을 재미있고 공감가게 한다.
- 감탄하고 감동할 줄 안다.
- 남의 감정을 배려할 줄 안다.
- 자신의 자랑을 줄줄이 늘어놓지 않는다.
- 나부터 먼저 인사한다.
- 뒤에서 남의 험담을 하지 않는다.
- 생동감이 가득하다.
- 남과 다른 가치관으로 열을 올리거나 강요하지 않는다.
- 정직함과 선한 동력을 갖고 있다.

점점 중요한 건 나이가 아니라 신선한 관점이라는 것을 느낀다. 사물을 가볍게 바라보는 자유로움, 산뜻한 시선, 설렘, 따스함. 나이가 젊어서가 아니라 젊은 생각을 갖고 있기 때문에, 예뻐서가 아니라 예쁜 표정을 하고 있어서, 마음이 따뜻해서 예쁜 것이다.

그렇다고 내 주변에 빨강머리 앤 같은 사람이 누가 있을까라는 생각은 하지 말자. 나 자신이 앤 같은 사람이 된다면 주변 사람들도 앤처럼 되지 않을까. 긍정적으로 생각하고 나의 감정에 솔직하고 싶다. 밝은 기운이 저절로 좋은 사람들을 곁으로 이끌 것이라 믿기에.

행복에 대한 생각에는
언제나 업데이트가 필요하다.
행복에 대한 관점을 바꿔보자.
무언가를 가져야, 무언가를 이루어야,
누군가를 만나야 행복한 것이 아니다.
산들바람 한 줄기에도
'아, 행복해.'
소리를 낼 줄 아는 것이
진정한 행복이다.

내 행복으로
남을 행복하게 하자.
세상의 어떤 점을
사랑하냐는 질문을 받았을 땐
빨강머리 앤처럼 이렇게 대답하자.
"전부!"라고.

자기 말만 하고
귀를 닫아버리는

사람 옆에서

너의 이름은.

우리 주변에는 신기할 정도로 자기 할 말만 하고 귀를 닫아버리는 사람들이 있다. 자기주장만 옳다고 믿고 남의 의견은 한 귀로 흘려버리는 인간들. 옳은 구석이 하나도 없는데 자기 자신만 옳다고 믿는다. 사회생활을 하다 보면 자주 볼 수 있는 유형의 사람들이다. 일로 얽힌 관계이기에 어쩔 수 없이 참아내며 버틴다. 하지만 '인내 탱크'의 용량이 엄청난 사람에게도 도저히 참을 수 없는 날이 있다.

언젠가 방송국 복도에서 만난 후배가 그런 말을 했다.

"대한민국이 총기 소지 허용국이 아닌 게 다행인 거 같아요. 허용됐다면 이미 몇 번은 사고를 쳤을 거 같아요. 자기 할 말만 폭풍 같이 쏟아내고는 귀를 닫아버리고 남의 얘기는 1도 안 듣는 사람들 때문에 미치겠어요 정말. 남의 목소리는 절대 못 듣게 만드는 장치를 귀에 심어놨는지 원…."

얼마나 힘들었는지 후배의 다크서클이 턱밑까지 내려와 있었다. 남의 이야기를 듣지 않는 사람들은 그것을 본인의 권위라 생각하는 듯하다. 발언권은 권력을 뜻하기도 하니까. 하지만 다른 사람의 의견을 듣지 않는 것은 권위가 아니고

독선이다. 징그러운 오만.

나도 한때는 그런 꼰대 같은 사람과도 대화가 가능하다고 생각했다. 열심히 설득하고 이야기하려 노력하던 시절이 있었다. 그러나 그런 사람들은 이상하게 꼬여서 그런지 대화하려고 하면 할수록 자기 권위에 대든다고 생각해 더 크게 자신의 목소리만 내서 당황한 적이 많았다.

영화 〈너의 이름은.〉의 주인공인 미츠하의 아버지가 그렇다. 벽창호 같은 아버지는 미츠하의 엄마가 세상을 떠나자 미츠하와 동생 요츠하를 두고 집을 나가 본인이 하고 싶은, 남들 눈에만 화려하게 보이는 정치를 하며 산다. 가족의 안위는 신경 쓰지 않은 채 가족의 이야기는 듣지 않고 귀를 막아버린 채 본인이 하고 싶은 것, 하고 싶은 말만 할 뿐이다. 가족을 챙기지 않으면서도 길거리에서 마주친 딸에게 훈수 두는 것을 잊지 않는 모순으로 가득 차 있다.

미츠하는 본인의 꿈이 있지만 아버지가 내팽개치고 가버린 가족의 정통 제사도 지켜야 하고, 아버지의 뜻도 거스를 수 없다. 본인은 언제나 뒷전이다.

미츠하는 주민이 고작 1,500명뿐인, 카페조차 없는 시골

your

name

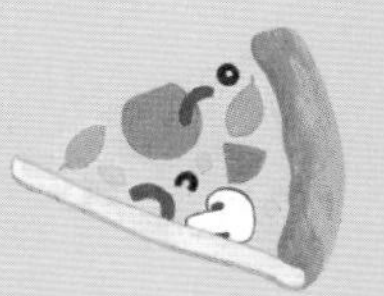

에 사는 여학생이다. 시골에 사는 미츠하는 하늘에 대고 이렇게 외친다. "이런 마을 싫어요. 이런 인생도 싫어요! 다음 생에는 도쿄의 꽃미남으로 살게 해주세요!"

어느 날, 미츠하는 이상한 꿈을 꾸게 된다. 꿈속에서 도쿄의 꽃미남 남학생 타키로 하루를 살게 된 것이다. 도쿄의 남학생으로서의 삶은 미츠하에겐 모든 것이 새롭고 신선하다. 특히 처음 가본 카페에서 먹는 팬케이크의 맛은, 한 입 베어 무는 순간 꿈이라고 생각할 수밖에 없는 설레는 맛이다. 가격은 무려 미츠하의 한 달 생활비에 버금가지만 그 사실 자체를 잊은 듯 너무나 황홀하게 접하는 미츠하를 보며, 내가 서울에 처음 왔을 때 팬케이크를 접하던 순간이 떠올랐다.

영화는 후반부를 향해 달려가면서 미츠하와 타키, 두 사람의 몸이 왜 바뀌는지 원인이 밝혀진다. 타키는 미츠하의 흔적을 찾아 이토모리 마을을 향한다. 이미 없어진 이토모리 마을에서 석양이 질 때 하늘이 붉게 물드는 기적의 시간에 둘은 잠시 시간을 역행하여 만나게 된다.

내가 말하고, 네가 듣고, 내가 알아듣고, 네가 이해해주고.

너의 마음에 내게로 와 닿고 내 마음이 네게로 흐르는 대화를 한다. 그게 바로 우리가 아는 대화이다. 잠깐의 순간이고 각자의 시간도 다르지만 서로의 이야기에 귀를 기울여 마음을 나누는 대화 말이다.

그 잠깐의 대화로 미츠하는 마을 사람들을 구할 수 있고 그토록 바라던 도시에서의 생활도 할 수 있게 된다. 그러나 서로의 기억에서 서로의 존재가 잊힌 두 사람. 하지만 서로의 마음까지 들여다본, 서로의 목소리에 귀 기울여준 그 순간을 둘은 잊지 않고 있었다.

"저기 당신을 어디선가 본 적이…."
"나도 그래요."

그것도 무스비

〈너의 이름은.〉이 개봉하였을 당시 '그것도 무스비'라는 말이 한동안 유행처럼 사람들 입에 오르내렸다. '무스비'라는 단어는 미츠하의 할머니가 말하는 대사에서 나왔다.

'무스비'라는 걸 아니? '잇는다'라는 뜻인데

이 단어엔 깊은 의미가 있지.

실을 잇는 것도 무스비,

사람을 잇는 것도 무스비,

시간이 흐르는 것도 무스비.

모두 신의 영역이야.

우리가 만드는 매듭 끈도 신의 능력, 시간의 흐름을 형상화한 거란다.

한데 모여들어 형태를 만들고 꼬이고 엉키고 때로는 돌아오고, 끊어지고 다시 이어지고, 그것이 무스비란다.

보이지 않는 실로 연결된 이 세상에서 관계보다 아집에 더 집착하는 사람들이 있다. 남의 이야기는 귓등으로 듣고

자기주장만 펼치는 사람 말이다. 그들은 알까. 자신이 지금 우리의 이야기를 들어주지 않듯이, 시간이 흐르면 그들의 이야기도 듣는 사람이 없어질 것이라는 것을.

후배의 이야기처럼 남의 말은 한 귀로 다 흘려버리는 사람들을 생각하면 목이 콱 막혀버리는 기분이 든다. 목이 막히고 가슴도 콱콱 막히고. 흡사 미세먼지 가득한 날 밖에서 한참 돌아다닌 날의 목 상태 같은 느낌이다.

그럴 때 부드럽게 목으로 넘어가는 팬케이크를 먹어보면 어떨까. 미츠하가 도쿄에서 생애 처음 가본 카페에서 처음 먹어본 팬케이크를 먹었던 그 느낌처럼. 제주도에서 엄마가 해주시는 도넛만 먹다가 서울에서 처음 먹어본 팬케이크를 먹었던 그 느낌처럼. 부드럽고 달달하게 기분을 바꿔보자! 맛있는 것을 먹는 순간에는, 세상의 채도와 온도가 바뀌는 것을 느끼게 될 것이다.

사람과 사람 사이에 흐르는
강이 막혀 있을 때
암담해질 때가 있다.
그래도 견디는 특기가 있기에
새로운 기적이 오곤 했다.

봄을 견디느라 수고했다.
여름을 견디느라 수고했다.
가을을 겪느라 수고 많았다.
겨울을 견디느라 수고 많았다.

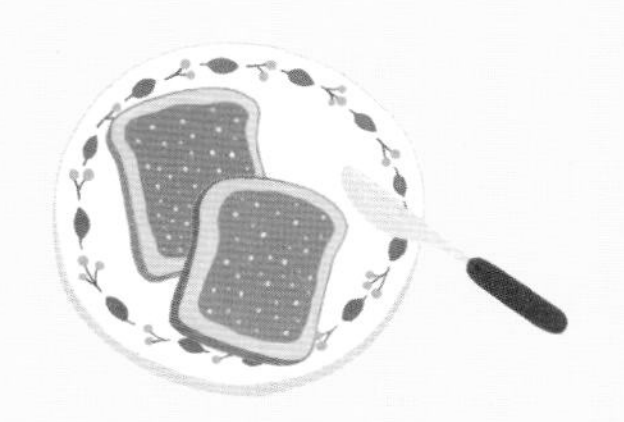

사랑이 끝나도

사랑은 여전하다

조제, 호랑이 그리고 물고기들

사랑이 끝났다. 이제 그 사람을 보지 못한다. 갑자기 찾아온 이별 같지만 실은 이미 예견되어 있었기에 이젠 그 사람을 놓아준다. 각자에게 배당된 슬픔의 무게를 견뎌내는 것도 저마다의 몫이다. 이런 사랑, 누구나 한 번쯤은 해봤을 것이다. 사랑은 죽는 날까지 갖고 가는 불덩어리라고도 하지 않는가. 그 불덩어리 때문에 밤새 잠을 설치기도 한다.

예전에 같이 일하던 동료가 실연하고 한 달 동안 식음을 전폐하다가 병원에 실려 가는 것을 보았다. 그녀에게는 대학교 1학년 때부터 사귄 남자 친구가 있었다. 대학 4년 내내 만나고 사회에 나와서도 줄곧 사귀었으니 그녀의 눈이 닿는 곳마다 그 사람의 발자국이 없는 곳이 없었으리라. 살아 숨 쉬는 모든 곳이 그 남자의 흔적이라며 괴로워하던 그녀는 결국 회사도 그만두고 떠났다.

우리가 그 어떤 이야기와 위로를 해줘도 그녀의 귀에 들어가지 않는 듯했다. 주변에서 많은 실연을 봐왔지만 그때는 정말 놀랐다. 그녀는 도대체 어떤 사랑을 했던 걸까.

사람들은 이렇게 말하곤 한다. 두 번째 사랑에 실패했다면 세 번째가 진짜라고. 네 번째 사랑에 실패했다면? 다섯 번째가 진짜라고. 이렇게 머리로는 알고 있으면서도 이별은 매번 견디기 어렵다. 언제나 마음에 생채기를 낸다. 만약 헤어지고도 아프지 않다면 그건 진정한 사랑을 하지 않았다는 증거일 것이다. 사랑한다는 것은, 모든 정과 흔적이 다 추억이 되어 가슴속에 무늬를 새겨놓는 것이다. 그 각인이 강할수록 이별 후에 더 아픈 법이다.

사랑의 시작도 사랑의 끝도 따뜻한 밥 한술

사랑하는 사람과의 이별이 어떤 건지 영화 〈조제, 호랑이 그리고 물고기들〉을 보면 느낄 수 있다. 한 번 보면 울컥하는 여운이 남고, 두 번째 보면 눈물을 훔치게 되고, 세 번째 보면 보고 나서 오열하게 되는 영화다.

다리를 쓰지 못해 앉아 있어야만 하는 조제. 할머니는 조제를 유모차에 태워 담요를 덮어서 남이 안 보는 새벽에 동네 한 바퀴를 돈다. 이를 알 리 없는 동네 사람들 사이에서는

Josee, The Tiger And The Fish

유모차 담요 속 존재에 대한 소문이 무성해져 해코지까지 당할 정도다. 그러던 어느 날, 츠네오가 습격당한 그들을 돕게 되고, 그런 츠네오에게 조제는 자신이 만든 달걀말이와 할머니가 구워주신 생선을 대접한다. 식탁에 늘 올라오는 반찬이지만 어디에서나 먹어볼 수 있는 그런 맛이 아니었다. 더 따뜻하고 더 부드러웠다.

조제는 담대함과 의연함을 가진 매력적인 소녀다. 밤에 산책 나갔다가 넘어져서 굴러 쓰러진 상태에서도 하늘을 보며 "저 구름도 집에 가져가고 싶어."라고 말하는 조제. 츠네오는 그런 조제의 매력에 흠뻑 빠져들게 된다.

츠네오는 조제를 업고 다니며 조제의 세상을 넓혀준다. 동물원으로, 바다로, 수족관으로. 보고 있어도 보고 싶은, 마냥 안고 싶은 사랑스러운 조제. 하지만 그들은 연애를 오래 지속하지 못했다. 서로의 사랑으로는 현실적인 문제들을 감당할 수 없게 되었기 때문이다.

조제는 츠네오를 밝게 보내준다. 헤어지기 얼마 전, 이별을 예감하며 둘이 나누던 대화에서, 사랑이 그녀를 어둠속에서 구해줬다는 사실을, 이별 후에도 다시는 그 어둠속으로 가지 않을 자신이 있다는 것을 알려준다.

— 눈 감아 봐. 뭐가 보여?

— 깜깜해.

— 거기가 내가 있던 곳이야. 깊고 깊은 바닷속. 난 거기서 헤엄쳐 나왔어.

— 바다 밑에서 살았구나.

— 그곳은 빛도 소리도 없고 바람도 정적만이 있을 뿐이지.

— 외로웠겠다.

— 별로 외롭지도 않아. 처음부터 아무것도 없었으니까. 그냥 천천히 천천히 시간이 흐를 뿐이지. 난 두 번 다시 거기로 돌아가진 못할 거야. 언젠가 네가 사라지고 나면 난 미아가 된 조개껍데기처럼 혼자 바다 밑을 데굴데굴 굴러다니겠지…. 근데… 그것도 괜찮아.

씩씩하게 자동 휠체어를 타고 다니는, 깨끗하게 정리되어 있는 집에서 혼자가 된 조제는, 이제 혼자 주방에서 생선을 굽는다. 사랑이 끝나도 밥은 먹는다. 여전히 생선구이는 따뜻하고 달걀말이는 부드러울 것이다.

사랑이 끝났다고 사랑의 에너지가 방전되는 것이 아니다. 오히려 사랑을 겪음으로써 사랑의 에너지가 충만해진다고 생각한다. 일상에서 늘 함께했던 따듯한 생선구이가 사랑의 시작을 알리기도 했고 사랑의 끝을 깨닫게도 했고 다시 일상으로 돌아왔음을 느끼게도 했다. 사랑이란 그런 게 아닐까. 늘 옆에 있던 존재가 특별해졌다가 생채기를 냈다가 흔적으로 남았다가, 다시 일상으로 살아가게 하는 것 말이다.

행복은,
잘 견뎌준 불행이라고도 한다.
사랑이 끝났다고
사랑의 기간이 사라진 건 아니다.

사랑이 끝났다고
사랑의 힘이 방전된 게 아니라,
사랑을 겪었으므로
사랑의 힘이 더 충만해진 것이다.
사랑한 만큼,
우리는 더 아름다워진 것이다.

덮어두었던
상처가

터
져
버
렸
을
때

바닷마을 다이어리

내가 대본을 쓰는 라디오 프로그램에 '고사리'라는 코너가 있다. '고맙고, 사랑하고, 이해해'의 앞 글자를 따서 붙인 이름이다. 이 코너에 청취자들이 보내는 사연을 읽다 보면 나도 모르게 마음이 짠하기도 하고 공감이 되기도 하여 눈물이 날 때가 있다.

얼마 전, 한 청취자가 보내온 사연이다. 부모님이 사고로 돌아가시면서 자식이 없는 먼 친척집에 딸로 호적을 올리고 같이 지내게 되었다고 한다. 친부모님은 아니지만 외동딸로 지내며 부족할 것 없다고 생각하며 지냈던 그녀. 그런데 얼마 지나지 않아 상황이 완전히 바뀌게 되었다. 오랫동안 아이가 없던 집에 동생이 태어난 것이다. 다들 기쁨에 겨워, 행복에 가득해 어쩔 줄을 몰랐지만 그 이후로 시작된 차별 때문에 그녀는 행복할 수 없었다. 전에 없던 모진 소리도 들었을 뿐만 아니라 날이 갈수록 차별이 눈에 띄게 늘어났다. 그 상처를 가슴 깊이 묻어두고 겉으로 아무렇지 않은 척 살아왔지만 슬픔이 불현듯 터져 나올 때가 있었다. 나이 차이 나는 동생을 친동생이라 생각하며 잘 지내고 싶었지만, 부모님의 차별에 자기도 모르게 동생이 미워질 때도 있었다. 그런 자신의 모습이 너무 슬프다는 사연을 보며 마음이 먹먹해졌다.

Our Little Sister

영화 〈바닷마을 다이어리〉에 나오는 세 자매의 이야기도 비슷하다. 세 자매는 15년 전에 자매를 두고 떠난 아버지의 부고를 듣고 장례식장으로 향한다. 거기서 자매는 이복동생인 여중생을 만나는데, 아버지도 떠나고 혼자 남은 이복 여동생에게 연민을 느껴 집으로 데려온다. 졸지에 네 자매가 된 것이다.

이복 언니들과 살게 된 막내 여중생은 아버지가 자신의 어머니와 바람이 나서 상처를 받게 된 언니들에게 미안한 마음을 갖는다. 어느 날은 남자 친구에게 이렇게 털어놓는다.

"나의 존재만으로 상처를 받는 사람들이 있어. 그게 가끔 나를 괴롭혀."

이 장면에서 가슴이 너무 아려왔다. 타인으로부터의 상처도 견디기 어려울 어린 나이에, 자신의 존재로 인한 타인의 상처로부터 받는 상처는 어떤 감정일까.

세 자매는 새로운 이복동생을 감싸며 네 자매로 살아간다. 이모할머니가 '동생이지만, 너네 가정을 무너뜨린 사람의 딸이잖니.'라고 할 때도 세 자매는 막내를 따뜻하게 감싸 안아준다. 같은 추억을 갖고 있는 잔멸치덮밥을 함께 먹으며,

추억과 마음을 나눈다.

이렇게 크고 작은 상처들이 스스로의 가슴을 찌르며 사는 것이 인생일까. 겉보기엔 작은 상처일지라도 당사자에겐 가슴 한편이 뻥 뚫려 있을 만큼 큰 상처일지도 모른다. 결국 이 모든 상처가 타인으로부터 받은 것이거나 스스로가 만들어낸 상처다. 하지만 그 상처 역시 사람으로부터 위로받고 승화되어간다. 상처를 딛고 일어서는 아름답고 따뜻한 날도 오는 것이다. 서로의 존재만으로도 상처였지만, 오히려 서로가 치유의 존재가 되었던 〈바닷마을 다이어리〉의 네 자매처럼 말이다.

기럭지가 긴 잔멸치

네 자매 서로에게 위로가 되어주는, 그 마음이 가득 담긴 잔멸치덮밥처럼 내게도 멸치는 그런 음식이다. 내가 세상에서 제일 좋아하는 음식이 멸치다. 어려서부터 지금까지 내 식탁에 멸치는 빠지지 않고 늘 올라왔다. 건강검진에서 내 골밀도가 20대로 나온 비결도 멸치 덕분이라 생각하고 있다.

서울살이를 시작하면서부터는 내가 스스로 멸치볶음을

잔멸치덮밥
anchovy
4 PEPPER CORN
pepper
green onion
egg

해먹고 있지만 어릴 적엔 엄마가 끼니마다 꼭 해주셨던 음식이다. 도시락에도 항상 넣어주셨다.

당시에 멸치의 크기가 그 집의 경제 수준을 알려주곤 하였는데, 잔멸치일수록 잘사는 집이었다. 우리 집 멸치는 중간 크기였다. 그저 매일매일 도시락에 가득 담긴 멸치를 먹으며 느끼던 행복은 얼마 지나지 않아 창피함으로 바뀌었다. 내 도시락 속 멸치는 짝꿍의 도시락 속 멸치보다 컸다. 앞자리 친구의 멸치보다도 커 보였다. 크기 때문에 도시락 통에 겨우 몇 마리 들어가는 큰 기럭지의 멸치가 담긴 날엔 손으로 감춰가며 도시락을 먹었다. 그땐 그게 왜 그렇게 부끄러웠을까.

결국 내가 가장 좋아하는 엄마에게 내가 가장 좋아하는 멸치로 상처를 줬다. 괜스레 이런 핑계 저런 핑계 대면서 멸치를 도시락에 넣지 말아달라고 했던 것이다. 그때 엄마는 알았을지도 모르겠다. 멸치를 향한 내 사랑은 부끄러움을 이기지 못했다.

나는 멸치에서 엄마 냄새를 맡는다. 엄마는 늘 멸치를 큰 봉지째로 사셨다. 누렇고 길쭉한 그 멸치 봉지는 늘 우리 집 주방의 선반에 있었다. 나의 멸치 사랑은 유별나서 요즘도 잔멸치 김밥을 해먹고, 토스트에도 버터 대신 잔멸치 볶음을 넣은 고추장을 발라 먹는다. 식당에 가서도 밑반찬으로 멸치 볶음이 나오면 행복지수가 급상승한다. 멸치를 글자로 치는 이 순간에도 내 입가에 미소가 번진다.

이런 내게 〈바닷마을 다이어리〉 속 잔멸치덮밥은 나를 그대로 투영시킬 수 있었다. 잔멸치덮밥을 식탁에서 함께 나눠 먹는 네 자매. 그들은 아버지의 추억이 담긴 멸치를 나누며 점차 더 단단한 가족이 되어간다. 멸치로 엄마한테 상처를 줬지만, 멸치에서 엄마의 냄새를 맡는 나처럼. 요즘도 각자 만든 멸치 반찬을 나누며 엄마에 대한 추억을 함께 나누는 동생과 나처럼….

내 상처받은 지난날을
재편집하고 싶지만 그럴 수 없다면
불쑥불쑥 드러나는 상처를
치유하며 살면 된다.

마음의 상처는 진주라고 했다.
상처가 아물수록 흙이 닦이며
진주임이 드러날 것이다.
많은 진주가
마음속에 걸려 있는 사람은
어디서든 고귀하고 은은하게 빛날 것이다.

스스로가 한없이
나약하게

느껴지는 순간

천공의 성 라퓨타

과감해져라, 용감해져라. 말로는 누구나 다 할 수 있다. 하지만 그게 뜻대로 되진 않는다. 잘해 보려고 해도 모든 게 엉망이고 뜻대로 되지 않는 날은 더 그렇다. 자꾸만 위축이 되는 날. 자신감이라는 게 뭐지? 물음표가 생기는 날. 정성 들여 써낸 기획서가 팀장님의 한마디로 재활용 쓰레기장으로 휙 날아가버리고, 상사의 큰 소리나 삐딱한 비웃음이라도 듣게 되는 날에는 가지고 있던 한 스푼의 용기마저 달아나버리곤 한다.

그래서 강한 사람이란, 철인처럼 아무리 찔러도 피 한 방울 안 나오는 사람이 아니라, 슬픈 일이 생겼을 땐 실컷 울다가도 곧바로 제자리로 돌아올 수 있는 사람이라는 생각도 든다. 괴로운 일이 있을 때 힘들어하다가도 시간이 지나면 제자리로 돌아오는, 그야말로 회복탄력성이 좋은 사람이 진짜 강한 사람이 아닐까. 슬럼프를 겪더라도 언제든 다시 일상으로 복귀할 수 있는 사람, 밤에 울다가도 아침에 웃을 수 있는 사람, 그리고 남에게 용기를 주는 사람. 이런 사람이 진정으로 강한 사람이다.

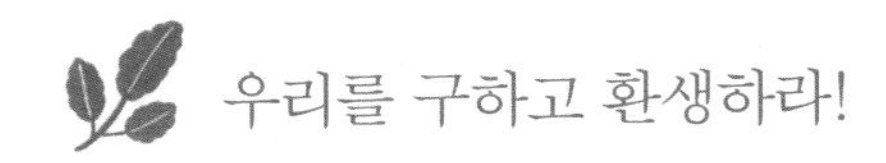

우리를 구하고 환생하라!

마음이 울적한 날에 나는 화면에 푸른 하늘이 가득한 미야자키 하야오 감독의 영화를 상상한다. 파란 하늘이 펼쳐지고 구름이 노니는 동화 같은 하늘이 늘 화면을 가득 채운다. 영화 〈천공의 성 라퓨타〉에는 하늘을 떠도는 우주선이 나온다. 이 우주선은 조나단 스위프트의《걸리버 여행기》에 나오는 떠도는 섬 라퓨타를 모티브로 한 것이다. 기계 견습공으로 밝게 살고 있는 고아 소년 파즈가 파랗게 빛나는 목걸이를 한 채 하늘에서 뚝 하고 떨어진 소녀 시타를 구해주면서 이야기가 시작된다.

시타는 라퓨타 왕가의 후손으로, 순수하고 아름다운 이상적인 소녀 캐릭터다. 파즈는 시타가 비행기에서 탈출해 하늘에서 떨어지자 시타를 침대에서 재우고 자기는 바닥에서 자면서 해적단에게 쫓기는 시타를 숨겨준다.

"네가 왔을 때 가슴이 두근두근하면서 멋진 일이 일어날 것 같은 예감이 들었지!"

순정남 파즈의 마음 덕분에 힘을 얻은 시타! 시타는 자신

Laputa
Castle In The Sky

MOËT
CHAMPAGNE
MOËT & CHANDON
ROSÉ IMPÉRIAL

의 비행석을 훔쳐 라퓨타를 쟁취하려는 무스카로부터 라퓨타와 자기 사람들을 지키기 위해 고군분투한다. 혼자 힘으로 이 상황을 헤쳐나가기엔 아직 가녀린 소녀지만 시타를 아끼는 파즈 덕분에 힘을 낼 수 있다. 시타가 가진 비행석에 '우리를 구하고 환생하라.'는 뜻의 주문을 외워 난관을 극복한다.

"리테 라토바리타 우르스 아리아로스 바르 레토리르!"

시타는 많은 이의 도움을 받으며 어려움을 극복했다. 많은 이들의 도움을 받을 수 있었던 것도 시타의 능력이다. 시타의 매력은 아무리 슬픈 일이 있어도 그 슬픔에만 빠져 있지 않고 배고픈 사람들을 위해 수프를 끓일 줄 안다는 것이다. 비행선 안에서 시타가 끓여주던 독특한 수프는 해적들마저도 그녀의 팬으로 만들어버린다.

자신의 슬픔에 빠져 남은커녕 자신도 돌보지 못하는 암울한 상황인데도 시타는 배고픈 이들을 위해 수프를 끓인다. 이 장면에서 내 슬픔마저 위로를 받는 느낌이었다. 무엇을 넣고 끓였는지 수프의 레시피를 알 수는 없지만 감자탕 같은 요리처럼 보였다.

라퓨타 비행선에서 먹은 수프와 유사한 내 나름의 레시피로 만든 감자 수프는 나도 종종 해먹는 음식이다. 이후에는 괜스레 의미가 부여되어 가끔 내 슬픔을 극복하고 가족들을 보듬고 싶을 때 내 나름대로의 '비행선 감자 수프'를 끓여 함께 먹었다. 물에 고추장 풀어 쇠고기를 툭툭 썰어서 넣고, 물이 끓으면 감자를 큼지막하게 썰어 넣는다. 양파와 당근, 풋고추까지 넣고 푹 끓이다가 감자가 익으면 불려놓은 당면을 퐁당 빠뜨리고 불을 끄면 끝!

요즘은 이겨내는 과정이 두려워 시련을 피하려는 사람들이 많다. 그러나 사실, 생각해보면 위험하지 않은 삶은 없다. 이 말은 평창 올림픽에서 스켈레톤 금메달을 딴 윤성빈 선수 어머니의 이야기이기도 하다. 아들이 스켈레톤을 하면서 주위에서 위험한 걸 왜 시키냐고 걱정하면서 만류하기도 했다고 한다. 그런 사람들에게 윤 선수의 어머니는 이렇게 말했다고 한다.

"위험하지 않은 경기가 어디 있어요?"

모든 것이 불안해지는
날이 있다.
한없이 스스로가
나약한 것 같은 날이 있다.
불안할 때는 오히려
부지런히 손을 놀려보자.

꽃이 피어나려면
바람을 이겨내야 하듯이
우리도 이겨내야 하는 것이 있다.
담대해지고 의연해질 필요가 있다.
내 세상엔 함께해줄 사람들이
있다는 것을 잊지 말자.

‘네가 늘 옳다’고
말해줄 내 편이

필
요
한
날

플
란
다
스
의
개

어른이 된 후 타인과 트러블이 생긴 것은 결혼하고 나서가 처음이었다. 시어머니와 전화로 의견 다툼을 하다가 어머님이 화가 나셔서 택시를 타고 수유리에서 상도동 우리 집으로 달려오신 것이다. 그때 얼마나 무섭고 긴장되던지….

어머님은 내가 잘못한 거라고 야단치시고 난 나대로 정말 잘못한 것이 없는데 왜 그러시냐고 대들면서 말다툼이 한창이었는데 남편이 들어왔다. 어머님이 남편에게 자초지종을 말하고 나자 난 나대로 내 주장을 남편에게 말했다. 그때의 긴장감이란…. 양쪽 얘기를 다 들은 남편이 고민을 하다가 입을 열었다.

"엄마가 잘못했네. 정연이가 뭐 잘못한 게 있다고…. 엄마가 잘못한 게 맞네요. 아, 엄마 왜 그러셨어요?"

원래는 목소리가 큰 남편이 아주 차분하게 얘기하자 얼굴이 노래진 시어머니가 벌떡 일어나서는 '내 니네 집에 다시 오나 봐라.' 하고 가버리셨다. 그때 나는 남편에게 감동을 받았다. 남편과 거의 매일 갈등의 연속인 상태로 지내고 있던 때였는데 남편이 내 편을 대놓고 들어주니 마음을 누그러뜨

The Dog
Of Flanders

릴 수 있었다.

다음 날 아침, 나는 침착해진 마음으로 어머니께 먼저 전화를 걸었다.

"어머님, 어머니께 언성 높인 거 잘한 거 아닌 거 알아요. 죄송해요. 제가 많이 부족하죠? 부족한 거 이해해주세요."

그랬더니 어머님도 "그래 뭐, 나도 네가 아니라고 하면 아닌 줄 알아야 했는데 미안하다. 우리 풀고 잘 지내자."라고 하셨다. 많이 긴장했는데 어머니의 마음이 풀어지셔서 다행이라 생각하며 안도했던 기억이 있다.

근데 몇 년이 지난 어느 날 알게 되었다. 그때의 진실을. 남편이 그날 싸움의 현장에서 확실하게 내 편을 들어주고 나서 나와 저녁까지 함께 먹으며 내 마음을 풀어준 후 선배들과 약속이 있다고 나갔었다. 알고 보니 약속이 있던 게 아니라 어머님 집으로 갔던 것이었다. 그때 어머님을 안아주며 이랬다고 한다.

"엄마, 엄마는 내 엄마니까 내가 어떻게 해도 내 곁에 있을 거잖아. 근데 아까 만약 내가 엄마 편들었으면 정연이 내 곁에 안 남아. 그래서 내가 엄마 편 못 들었어. 엄마가 이해해 주세요. 정연인 아직 엄마만큼 지혜가 있을 나이도 아니고….
엄마, 사랑해요."

그 얘기를 나중에 듣고 배신감이 살짝 들려고 했지만 돌아보면 내가 창피할 정도로 어리석었고 경솔했으니 반성하며 넘어갔다. 그때 깨달은 것은 결정적인 순간에 내 편을 들어주는 것이 얼마나 큰 힘을 주고 감동을 주는지였다.

식성과 취향 등 굉장히 많은 부분에서 섬세한 갈등을 빚어온 남편이지만 내가 직장에서 힘들다고 하소연하면 꼭 이렇게 말하곤 했다.

"우리 정연이 괴롭히는 사람은 내가 가만 안 놔둬. 내가 그 사람 박살내버릴게. 정연이 괴롭히는 사람 있으면 말만 해."

이렇게 내 편 드는 일을 참 잘하는 남자다. 내 편 들어주는 사람이 있다는 건 정말 천군만마를 얻은 거처럼 든든하다. 가끔 이런 생각을 한다. 난 누구의 편을 들어주고 있는 걸까. 누구에게 든든한 존재가 되어주고 있는 걸까.

프로그램 게스트였던 어떤 분이 자기는 일만 열심히 하느라고 취미 생활을 전혀 못했다고 했다. 너무나 바빠서 취미 생활할 엄두가 나지 않았는데, 어느 날 딸이 말하더란다.

"아빠, 그림 그리고 싶댔지? 우리 이번 일요일에 물감 사러 인사동에 같이 갈래요?"

그날 딸이랑 같이 스케치북도 사고 붓도 사고 물감도 고르면서 첫사랑을 만나러 갈 때와 같은 설렘을 느끼며 행복했다고 한다. 딸이 "아빠, 아빠도 이젠 하고 싶은 거 좀 하며 사세요. 고생만 하지 말고."라고 말하는데 감동받아서 눈물을 참느라고 혼났다고 한다. 이 세상에 내 편도 있구나 하는 감동을 느꼈다고.

명작 동화《플란다스의 개》의 아로아도 언제나 네로를 응원해주고 네로의 편이 되어주는 소녀다. 파트라슈도 아로아처럼 늘 네로의 편이다. 아로아는 네로만 만나면 목소리가 들뜨고 기분 좋은 에너지가 뿜뿜 솟아난다. 파트라슈도 네로 옆에 있으면 늘 꼬리를 살랑거린다.

벨기에 플란다스 지방의 자그마한 마을에 사는 네로는 두 살 때 부모님을 여의고 할아버지와 살며 우유 배달 등 갖은 일을 하며 사는 소년이지만, 늘 네로 편을 들어주고 곁에 있어주는 할아버지와 여자 친구 아로아, 파트라슈가 있어서 행복하다. 네로와 파트라슈, 아로아는 늘 함께 풀밭에 핀 들꽃 사이를 뛰어다니며 논다.

아로아는 마을에서 제일가는 부잣집 외동딸이다. 아로아는 자기가 가장 좋아하는 딸기사탕을 매일 먹을 수 있고 장에 가면 금박지에 싸인 견과류와 설탕을 입힌 과자도 손에 잡히는 대로 살 수 있는 풍족한 아이지만, 네로와 노는 것을 가장 좋아해서 눈만 뜨면 네로를 찾는다. 사랑하는 네로가 그림 그리기를 좋아하므로 네로가 꼭 멋진 화가가 되기를 간절히 바란다.

하지만 언제나 삶은 원하는 방향으로 흐르지 않는다. 네로의 할아버지가 일찍 돌아가신 후 네로는 졸지에 모함으로 인해 방화범으로 몰리기까지 한다. 하나뿐인 가족도 곁에 남지 않은 네로는 결국 성당의 차가운 대리석에서 마지막을 맞이하게 된다. 아로아네서 따뜻한 삶을 보낼 수 있던 파트라슈마저 뛰쳐나와 네로 곁을 지키다가 영원히 잠들고 만다. 그날은 크리스마스 아침이었다.

할아버지가 세상을 떠나면서 네로를 위해 끓여주신 수프. 그리고 파트라슈가 아파서 아무것도 먹지 못할 때 할아버지가 얼마 남지 않은 고기를 넣고 끓여주셨던 고기 수프를 떠올리며 그들은 천사가 되어 하늘나라로 날아간다.

내 편이 있다는 것은 그 어떤 순간에도 희망이 된다. 언제나 네로를 가슴 깊이 위해주는 할아버지가 있었기에, 아끼는 딸기사탕마저 아낌없이 손에 쥐여주는 아로아가 있었기에, 네로가 곁에 없다고 수프마저 거부하며 자기를 향해서 달려온 파트라슈가 있었기에, 네로는 숨을 거두는 순간마저도 불행하지 않았다.

사람과 사람 사이에 울리는 따뜻한 종소리를 들으며 산다는 것, 내가 어떤 상황에 있든 행복해질 수 있는 힘이 된다. 남들이 내 편이 되어주길 바란다면, 내가 먼저 누군가의 편이 되어주려고 노력하자. 눈에 보이지 않는 고리들이 연결되어 이 세상을 살아가는 데 든든한 힘이 되어줄 것이므로.

아로아 마음속의 네로처럼
누구나 가슴속에 살고 있는
이름 하나 있을 것이다.
늘 편이 되어주고 싶고
늘 편이 되어주었으면 하는 사람.

그 사람이 곁에 있고
아직 손이 닿는 거리에 있다면
오늘 하루 그 사람의 편이 되어보자.
그 사람의 이름을 부르며
곁에서 힘이 되어주자.
아름다운 종소리가
마음에 울려퍼질 것이다.

색안경을 벗고,

있는 그대로
상대를 보는 법

로마의 휴일

그날은 다음 날 방송할 녹음 파일이 전부 날아가서 모든 직원이 혼비백산했던 날이었다. 다들 정신없이 파일을 찾는 와중에 초대석에 나올 가수가 녹음을 하러 스튜디오로 들어왔다. 다들 인사도 하는 둥 마는 둥 급하게 그를 마이크 앞에 앉히고 녹음을 시작했다. 녹음을 하는 와중에도 다들 사라진 파일을 찾느라 부산을 떨어야 했다.

그런데 그날 녹음을 했던 그 가수가 우리가 본인을 맞이하는 표정이 좋지 않았다며 속상해했다고 했다. 나중에야 매니저로부터 들은 말이다. 초대석 녹음을 마친 후 나가는 길에 이렇게 말했다고 했다.

"왜 다들 분위기가 안 좋지? 나한테 왜 이렇게 불친절하지? 내 인기가 많이 떨어졌나? 아니면 최근에 나 뭐 기사 안 좋은 거 떴나?"라며 자기 탓을 하더라는 것이다. 당시에 우리가 얼마나 다급한 상황이었는지 알지 못했던 그는 그렇게밖에 생각할 수 없었을 것이다. 보이는 모습만으로 얼마나 쉽게 상대가 오해하도록 만드는지 알 수 있는 사건이었다.

대학 4학년 때도 비슷한 일이 있었다. 여중에서 교생 실습을 하던 때 일이다. 동생이 다쳐서 입원했다는 소식을 들은 후 수업 때문에 병원으로 바로 달려갈 수 없어 속상한 마음으로 복도를 걸어가고 있었다. 그때 나를 좋아했던 한 여학생이 지나가며 반갑게 인사를 했는데 내가 눈이 마주쳤는데도 대꾸도 하지 않았던 모양이다.

나중에 교생 실습이 끝난 후에 학생들이 롤링페이퍼를 적어 주었는데, 그 이야기를 쓴 것을 뒤늦게 보고 그 학생의 오해를 알게 되었다. 네가 반갑지 않고 싫었던 것이 아니라 동생을 걱정하고 있던 것이라고 얘기하고 싶었지만 이미 학교를 떠나온 후였다.

남미 어떤 곳에는 현존하는 두 명만이 사용하는 소수민족 언어가 있다고 한다. 그 언어는 곧 사라질 위기라고. 이유인즉슨 두 사람 사이가 틀어져서 서로 말을 안 한다나 어쨌다나. 웃자고 하는 말이지만 의미심장한 이야기다. 단 두 사람만 있어도 오해가 생기는 것. 그것이 인간 사회다. 사람과 사람이 있는 곳엔 보이는 것과 보이지 않는 것이 있기 마련이고, 서로 마음의 빛깔과 속도가 다르기에 관점도 다를 수밖에 없는 게 세상이니까. 그러니 당장 눈앞에 보이는 것만으로 착각하는 일은 얼마나 많을 것인가.

Roman Holiday

핑크색 안경을 끼고 본다면?

〈로마의 휴일〉은 오래된 영화임에도 가끔씩 다시 보고 싶어지는 작품이다. '로마'라는 곳은 오래 전부터 워낙 우리에게 설렘을 주던 도시다. 로마라는 단어에 휴일까지 붙으니 제목만 들어도 설렘 그 자체다.

영화에서 내 이목을 끄는 장면이 있었는데 그것은 바로 앤 공주 역의 오드리 헵번이 침실로 향할 때 시중드는 백작 부인이 크래커와 우유를 고급스러운 쟁반에 담아 갖다 주는 장면이다. 앤 공주가 하루의 일과를 마감하면서 밤의 휴식을 갖는 순간이다. 전형적인 공주의 특권을 보여주는 장면이다.

그러나 그 장면만 가지고 공주를 평가할 순 없다. 우리의 눈에 그 장면은 행복한 공주의 일상일 수 있으나 공주에게는 숨이 막히는 일상의 단면일 수 있기 때문이다. 결국 자유를 갈망하며 탈출한 공주는 하루 동안의 자유를 만끽한다. 분위기를 바꾸기 위해 미용실에 가서 머리도 자르고, 노상 카페에 앉아 혼자만의 시간을 즐긴다. 쇼핑을 하고, 빗속을 걷는다. 그렇게 우리에겐 소소한 일상인 일들을 한다. 크래커와

ROME TOUR
WITH PRINCESS ANNE
Fontana di Trevi
Colosseum
Bocca della Verità

우유를 먹던 그 새초롬한 공주는 없다. 사소한 일에 행복해하고 밝게 웃으며 무엇이든 긍정적으로 생각하는 평범한 '사람'이 있을 뿐이다.

공주와 하루를 보내게 된 기자 '조'는 앤 공주를 이용하여 특종을 잡아 돈을 벌려고 접근한 사람이다. 조 역시 영화를 보는 우리의 시선과 동일하게 공주를 오해했다. 알고 보니 공주는 세상 밖으로 나오고 싶어 하는 해맑고 순수한 사람이었다. 조는 자신의 목적을 포기하고 공주에게 마음을 주게 된다. 호화로운 생활을 누리기만 할 거라고 생각했던 공주의 모습이 아니었던 것이다.

〈로마의 휴일〉은 꽉 막힌 일상에서 하루를 마감하는 공주의 고급스러운 크래커보다 익명의 자유로움 속에서 광장에 서서 먹는 젤라또가 더 큰 행복이라는 것을 우리들에게 깨우쳐준다. 색안경을 벗고 바라본 영화 속 공주는 밝고, 긍정적이고, 사소한 것에 행복해하는 사랑스러운 모습의 사람이었다.

우리는 종종 상대의 겉모습과 직위만 보고 그 사람의 전체 모습을 판단하곤 한다. 부러움이라는 색안경을 끼고 보면 모든 것은 부러움이 된다. 핑크색 안경을 끼고 보면 세상의 모든 게 핑크색으로 보인다. 저런 위치에 있는 사람은 저렇겠지, 저기에서 일하면 저렇겠지. 혹은 저 사람은 왜 웃어주지 않지? 저 사람은 왜 나에게만 이러지? 나를 보는 표정이 왜 그렇지? 상대를 생각하느라 골치가 아픈 나날들이다.

내가 색안경을 끼고 누군가를 바라보면 다른 이들도 동일하게 색안경을 끼고 나를 볼 것이다. 보이는 것만이 전부가 아니라는 사실을 떠올려보자. 또한 누군가도 내 표정이 좋지 않은 날 나를 처음 보고 판단했을 수도 있다는 걸 생각해보자.

상대의 표정이나 말투, 답변 때문에 너무 울적해지거나 그 상황만 되새기며 나를 자책하게 되는 날이 온다면, 앤 공주처럼 접시에 크래커를 담고 우유 한잔 마셔보는 건 어떨까. 크래커(cracker)의 어원은 '부서지다'라는 뜻의 'crack'이다. 얇고 바싹 마른 과자를 입에 쏙 넣으면 바사삭 하고 기분 좋은 파열음을 내며 입안에서 녹아든다. 크래커처럼 내 선입견도 바사삭 하고 깨뜨려보자. 또 야외로 나가 앤 공주처럼 아이스크림을 손에 들고 순진한 아이처럼 즐겁게 먹어보자. 아이스크림은 역시 녹기 전에 먹어야 한다.

상대의 단면만 보고
판단하지 말고,
상황의 부분만 보고
상처받지 말자.
내가 보는 것, 그것은
내 마음의 투영이지
상대의 마음이 아닐 수 있으니.

눈에 보이지 않는 것은
무조건 좋은 쪽으로 생각하자.
이기적으로 추측하자.
세상은 다 나를 사랑한다고 생각하자.
내 손으로 내 마음의 꽃길을 깔자.

누군가에게
내 이름이

불
리
고
싶
은
밤

키
다
리
아
저
씨

지독한 짝사랑을 해본 적 있는가. 혹자는 짝사랑이 진짜 사랑이라고 말하기도 한다. 혹독할 만큼 애타는 짝사랑을 하던 후배가 있었다. 이래서 짝사랑을 사랑의 열'병'이라고 칭하는구나 싶을 정도였다.

그 후배는 자신이 다니던 영어 학원의 강사를 좋아하게 되었다. 웬만해서는 남에게 마음이 쉽게 움직이지 않아 '철벽녀'라고 불렸던 그녀가 그 강사에게 푹 빠져버린 것이다. 누군가에게 쉽게 마음을 주지 않았던 탓에 오랜만에 설렘을 느낀 그녀의 마음은 점점 깊어져만 갔다. 그 사람에게 한 번만이라도 이름을 불리고 싶어 갖은 노력을 했지만 쉽지 않았다. 그렇게 마지막 강의 날이 되었고, 회식 후 그 강사에게 명함을 건네며 용기를 냈다고 한다. 그동안 좋은 강의 너무 고마웠고 연락을 주시면 꼭 식사를 대접하고 싶다고.

그날부터 기다림이 시작됐지만 그에게서 전화는 오지 않았다. 문자라도 한 통 올까 매일매일 휴대폰이 닳도록 들여다봤지만 연락은 없었다. 전전긍긍하며 기다리다 도저히 안 되겠다 싶어 그때 같이 수업을 들었던 사람들을 모두 소환해 모임을 만들었다. 모임을 핑계로 종종 모여 그 사람의 얼굴

Curly Top

을 보기 위해서였다. 그러던 어느 날 그 강사가 모임에 다른 여성 수강생과 커플이 되어 나타났다고 한다. 그 사람의 인생에 끼어들고 싶었던 후배는 안타깝게도 그저 '지나가는 사람 1'이 되어버리고 말았다.

그 후로 그를 정리하겠다는 후배와 여러 차례 술잔을 기울였으나 그녀는 쉽게 정리하지 못하는 것처럼 보였다. 몇 년이 지나도록 마음에서 그를 지우지 못해 정기적으로 모임에 나가 만나고 오곤 했다. 그를 보고 온 날은 감정에 취해 사랑꾼 모드로 변하여 그 사람을 평생 좋아할 수 있을 거 같다고 말하곤 했다. 그 사람이 수업 중에 가르치던 것들도 잊히지 않을뿐더러 그 사람의 표정조차 잊을 수 없다면서. 그립다 못해 해바라기처럼 속이 까맣게 타들어가는 마음을 매일 일기로 쓰다 보니 어느새 책장 한 부분이 그를 향한 '사모 다이어리'로 채워졌다고 한다.

레몬 젤리로 가득 찬 수영장

고전 명작《키다리 아저씨》는 고아원에서 자란 주디라는

소녀가 대학을 보내준 후원자에게 편지를 보내며 마음을 키우게 되는 이야기다. 우리가 흔히 이야기하는 사랑과는 다른 방식으로 시작된 마음이다. 존경하고 동경하는 존재에 대한 고마운 마음에서 비롯된 사랑이었다. 주디가 키다리 아저씨에게 썼던 편지 내용을 보면 입가에 미소가 절로 지어질 만큼 순수하고 예쁜 마음이 담겨 있다.

키다리 아저씨, 저는 도저히 천국에 갈 것 같지 않아요. 왜냐하면 이 세상에서 너무 행복하니까요. 저 세상에 가서도 좋은 일만 있다면, 그건 공평하지 못하니까요.
(중략)
키다리 아저씨, 체육관 수영장이 레몬 젤리로 가득 차 있다면 과연 그 안에서 수영을 할 수 있을까요. 아니면 가라앉을까요? 후식으로 나온 레몬 젤리를 먹다가 누군가 이런 이야기를 꺼냈어요. 30분 동안이나 열띤 토론을 벌였는데도 아직까지 결론이 나지 않았어요. 저는 세상에서 가장 뛰어난 수영 선수라도 반드시 가라앉을 것이라고 확신하고 있어요. 레몬 젤리에 빠져 죽는다면 너무 우습지 않을까요.

주디는 학교생활의 사사로운 것들까지 전부 편지에 쓴다. 이렇게 사소한 일상을 공유하면서 주디는 점점 키다리 아저씨에게 영혼까지 기대게 된다.

《키다리 아저씨》의 반전은, 주디가 늘 편지에 쓰던 친구의 막내 외삼촌인 저비스가 바로 그 키다리 아저씨라는 것이다. 주디가 키다리 아저씨에게 보내는 편지는 연서로 바뀌며 마무리된다.

《키다리 아저씨》를 읽는 내내 마음 한구석이 아련했던 이유는, 혼자만의 감정으로 한결같이 그리워하는 주디 때문이었을 것이다. 혼자서 누군가를 그리워하는 마음은 분명 아리고 아프다. 그러나 그 사랑하는 마음 덕에 생긴 마음속 물기가 우리를 겸손해지게 만든다. 그 마음 덕분에 앞으로 나아갈 힘도 생긴다. 주디도 그런 힘으로 본인의 앞날을 개척해 나간 것이다.

그대를 얻으면 시처럼 살겠고
그대를 잃으면 시를 쓰리라

정제한 시인의 시처럼, 인생을 걸어서라도 얻고 싶은 사람, 인생을 걸어서라도 잃고 싶지 않은 누군가 있다면 그것이 바로 사랑이다. 그에게 내 이름이 불리는 것을 원하고, 그저 같이 있는 것만으로도 좋고, 그 사람이 나를 바라봐주길 원하게 되고, 내 꿈보다 그 사람의 꿈을 먼저 생각하게 되는 것…. 이런 감정들은 사랑하는 마음에서 나온다. 그 사람을 사랑하기 때문에 그런 느낌들이 생기는 것이다. 양방향이 아닐지라도 그 감정을 슬픔이라 생각하지 말자. 나에게서 솟아나는 그 사랑을 오롯이 느껴보자.

누군가에게
내 이름이 불리고 싶은 밤엔
키다리 아저씨를 떠올려보자.
그리움이란 인생의 소금과 같다.

가슴에 그리움을 품고 사는 사람은
절대 부패하거나 늙지 않는다.
사랑에 대한 욕구와 그리움이 있는 한
그 사람은 영원한 소녀다.

세상에서
나 자신이

가장 싫을 때

추억의 마니

대체 나는 왜 살고 있는 거지? 이런 생각에 휩싸여 자존감이 바닥을 칠 때가 있다. 나는 왜 이럴까 생각하며 내가 미워질 때가 있다. 내 자신에게 실망해 그냥 세상을 외면하고 싶어질 때가 있다. 남이 미우면 피하고 안 만나면 되지만 내 자신이 미우면 미칠 노릇이다.

요즘은 남들이 무엇을 하며 사는지 엿볼 수 있는 기회가 너무 많다. SNS에 올라오는 사진이나 영상을 보면 나 빼고 다 잘 사는 듯하다. 만국 공통인 부러움이 스멀스멀 나를 장악한다. 다른 사람들은 다 잘사는데 난 뭐지? 하는 마음이 들 만큼 SNS에 올라와 있는 일상들이 화려하다. 나는 그런 일상 구경을 즐기는 편이지만, 한 후배는 부러우면 지는 거라며 마음을 다잡아도 부러운 마음이 사라지지 않아 인스타그램과 페이스북을 다 끊었다고 했다.

SNS에 올라오는 사진이나 영상들이 그 사람의 실제 모습은 아니다. 사진만 보고 누군가의 일상을 판단할 수 없다는 것을 알게 된 사건이 있었다. 페이스북에 일상 사진을 늘 올리는 선배가 있었다. 생일 초대를 받아 그 선배네 집에 가보고는 깜짝 놀랐다. 선배가 올리던 그 공간이 이렇게나 평범한 곳인 줄 몰랐기 때문이다. 선배는 그 한 컷을 건지기 위해 상황을 즐기지 못할 때가 많다고 너스레를 떨며 실토했다. 그날 깨달았다. 아, 우리는 그 사람이 보여주고 싶은 편집된 일상을 보고 있는 것이구나.

타인의 편집된 일상에 현혹되지 말자

겉으로 보이는 것들과 실제 사실 사이에 얼마나 큰 간극이 존재하는지 영화를 통해서도 종종 느끼곤 한다. 내가 좋아하는 만화영화 중 하나인 〈추억의 마니〉에 나오는 안나도 그런 오해의 당사자였다.

자신을 입양한 엄마 아빠가 입양 보조금을 받는다는 것을 알게 된 안나는 부모님이 돈 때문에 자기를 키우는 것으로 착각한다. 그리고 그런 세상에 대한 미움이 자신에게 향한다. 그 스트레스로 병까지 앓게 되어 공기가 깨끗한 시골 이모네 집으로 요양을 하게 된다.

안나는 파란 눈이 섞여 있는 자신이 싫고 사람들이 자기에게 관심을 갖는 것도 언짢고 불쾌하다. 호의를 보이는 아이들에게 다른 의도가 있을 것이라 규정지어버린다. 자기는 늘 소외된 사람이라고 생각하며 스스로를 그늘 속에 가두던 안나는, 어느 날 호숫가의 오래된 대저택에 사는 금발의 마니를 창문 너머로 바라보며 환상을 갖는다.

그러다 둘은 만나게 되었다. 어느 날 밤, 마니가 작은 배에 안나를 태우고 쿠키와 주스를 먹으며 이야기를 나눈다. 달달함 덕분인지, 포근한 공기 덕분인지 머릿속에 복잡하게 쌓여 있던 것들을 서로 털어놓는다. 안나는 스스로에 대한 새로운 세계에 눈을 뜨게 된다. 안나는 멋진 저택에 사는 마니를 부러워했다. 하지만 알고 보니 마니의 삶은 불행했고 오히려 마니는 행복한 집안의 안나를 부러워하고 있었다.

마지막에 드러난 사실은 마니가 안나의 환상 속에 나타나는 영혼이었다는 것. 안나 할머니의 어린 시절 모습이었던 것이다. 불행한 입양아라고 알고 있던 안나는 마니를 통해 자신이 얼마나 사랑받는 존재인지 알게 된다. 그것도 모르고 안나는 자신에 대한 미움을 집에서나 학교에서나 마구 표출하여 주위 사람들의 마음을 가시처럼 찔러댔다.

정작 안나가 가장 부러워하던, 창밖으로 보이던 마니의

일상은 자신의 머릿속에서 편집된 것이었다. 안나는 그것이 얼마나 허황된 것인지 느끼게 된다.

안나처럼 유년기부터 쌓아온 불행한 기억이 나 스스로를 계속 괴롭힐 수 있다. 자신감이라고는 찾아볼 수 없다. 남을 부러워하기만 한다. 그리고 그 부러움이 시샘이 되어 남을 찌르기도 한다. 이를 극복해나가지 못한다면 남을 찌르던 가시는 결국 나를 향하게 된다. 끊임없이 스스로를 찔러 점점 상처투성이가 되어간다.

우리는 너무 타인의 편집된 일상에 현혹되고 있는 건 아닐까. 자신의 일상에 대한 타인의 반응에 일희일비하는 것도 문제다. 남들이 나의 일상을 봐주면 기분이 좋고 안 봐주면 쓸쓸해지는 것이 문제다. '좋아요'를 많이 눌러주면 행복하고 안 눌러주면 적적해지는 것이 문제다. 나의 행복을 남이 눌러주는 '좋아요'에 맡기게 되는 것이 문제다. 나의 행복이 타인에 의해서 좌지우지되면 남들 손에 내 운명의 공을 맡기는 셈이 아닌가.

When Marnie Was *There*

"그 순간, 멈추어라.
너는 매 순간 아름답다. 너무나 아름답다."

괴테의 《파우스트》 제1부에 써 있는 말이다. 독일 문학의 최고봉인 괴테가 전 생애를 바쳐 60년 동안 인간 본성에 대해 깊이 탐구하며 쓴 대표작인 《파우스트》에서 악마에게 영혼을 팔아도 만족을 못하던 파우스트가 결국 깨닫게 된 말.

"너는 매 순간 아름답다!"

그렇다. 우리도 매 순간 아름답다.

꽃밭에서 장미는 장미고
수선화는 수선화이듯이
이 세상 공동체에서도
나는 나고 너는 너다.
남과 비교하는 순간
그 시샘이 웅덩이가 되어
나를 허우적거리게 할 것이다.

다른 사람을
사랑할 수 없는 날에도,
내 자신만큼은 사랑하자.
내 자신에게 돌을 던지기보다
하트를 던지며 살자.

소녀를 위로해줘

초판 1쇄 인쇄 2019년 9월 25일
초판 1쇄 발행 2019년 10월 1일

글 송정연
그림 최유진
발행인 구우진
사업총괄본부장 박성인
편집팀장 김민정 책임편집 조연수
마케팅 이승아 이석영
제작 이성재 장병미 고영진
디자인 여만엽
발행처 메가스터디㈜
출판등록 제2015-000159호
주소 서울시 마포구 상암산로 34 디지털큐브빌딩 15층
전화 1661-5431 팩스 02-3486-8458
홈페이지 http://www.megabooks.co.kr
이메일 megastudy_official@naver.com

ISBN 979-11-297-0509-9 03810

엔트리는 메가스터디㈜의 단행본 브랜드입니다.